KB096813

라틴 그 원색의 땅에 입맞추다

국립중앙도서관 출판시도서목록(CIP)
라틴, 그 원색의 땅에 입맞추다 =bsp;Kiss in Latin / 임명자 지음. --
서울 : 다밋, 2008
　　p. ;　　cm
ISBN 978-89-93019-03-2 03810 : \15000
여행기[旅行記]
라틴 아메리카[Latin America]
985.02-KDC4
918.04-DDC21　　　　　　　　　　　　CIP2008003748

라틴 그 원색의 땅에 입 맞추다

펴낸날 | 2008년 12월 24일 • 1판 1쇄
　　　　2010년 6월 7일 • 1판 2쇄
지은이 | 임명자
펴낸이 | 김소양
사진 | 임명자, 조유안
편집 | 이윤희, 김소영, 송미령, 양윤석
마케팅 | 김철범

펴낸곳 | 도서출판 다밋 • 전화 | 02-566-3410 • 팩스 | 02-566-1164
주소 | 서울시 서초구 양재동 299-5 남양빌딩 6층
이메일 | wrigle@hanmail.net • 홈페이지 | http://www.dameet.com
출판등록 | 2005년 6월 22일
ⓒ 도서출판 다밋 2008
Printed in Seoul, Korea
ISBN 978-89-93019- 03-2　　03810

* 잘못된 책은 바꾸어 드립니다.
* 책값은 뒤표지에 있습니다.

Kiss in Latin

라틴
그 원색의 대땅에
입맞추다

임명자 지음

다밋
DAMEET

머리글

　파랑, 파랑 파랑 파랑…… 읊조리기만 해도 물들 것 같았다. 소리만 크게 내도 쨍 하고 깨질 것 같은, 라틴아메리카 곳곳마다 구름 한 점 없는 파란 하늘이었다. 내 몸 어느 한 곳을 누르기만 하면 지금도 파란물이 줄줄 흘러내릴 것 같은 그 빛깔은 그대로가 황홀경이었다.

　그곳에 가기 위한 여행 계획을 세우면서 여간해서는 가기 어려운 곳이기에 더욱 설레었다. 여러 나라를 거치게 되므로 시간도 넉넉하게 잡아야 하고 비용도 만만치 않은 길이기에, 무척 망설여졌다.

　웬일인지 이번엔 남편이 서둘렀다. "이 사람아, 그곳은 너무 멀고 힘이 드는 곳이니, 더 나이 먹기 전에 다녀 오는 게 좋을 것 같아. 그러니 가려면 어서 가게나" 한다. 고소공포증이 심한 남편은 비행기 타는 것을 아주 싫어해서 먼 곳을 여행하려 하지 않는다. 덕분에 나는 언제나 홀가분하게 유유히 비행기에 오른다.

라틴아메리카 여행은 참으로 힘든 여정이었다. 물론 어느 곳인들 새로운 곳에 흥미를 느끼지 않을 수는 없지만, 이번 여행길은 특히 국경을 맞대고 문화를 교류한 라틴아메리카 특성상 같은듯 하지만 나라마다 그들만의 독특한 문화에 흠뻑 젖을 수밖에 없었던 시간들이었다.

우리나라와는 낮과 밤이 정반대인 나라들을 오랜시간 다니다 보니, 돌아와서도 시차를 적응하는 데 다른 여행지보다 시간이 꽤 오래 걸렸다. 새벽이면 늘 잠이 깨곤 했다. 깨어있는 시간 때 하루하루 여행의 느낌을 써내려간 일기를 다듬다 보니 그냥 버리기 아까워 지난 이야기를 이처럼 책으로 묶게 되었다.

　이제는 벌써 오래된 일이 되어 버린 듯한 여행지를 다시 들여다보니 감사할 사람들이 참으로 많다.

　이 여행길을 마련해준 든든한 남편, 여행의 즐거움을 함께 나눈 다섯 명의 친구들, 특히 사진을 찍어준 친구 유안과 먼 여행길 지치지 말라고 손수 약을 지어 전해준 친구 미호. 그 외에도 이 글을 쓰며 내게는 참으로 귀한 인연들이 만들어졌다. 라틴의 여러 곳에서 아름다운 삶을 가꾸어가고 있는 대한민국의 여러 인재들을 친구로 만나게 된 것이다. 아르헨티나, 페루, 브라질, 온두라스 등 부족한 정보나 사진들을 그 친구들로부터 전해 받기도 하고, 그곳에서의 생활에 관한 자잘한 이야기도 늘 주고받게 되었다. 그들에게도 고마운 마음을 전한다. 어느 곳에 가나 내 영혼에 울림을 가득하게 만들어주신 선지식 스승들께도 합장으로 예를 올린다.

이 책을 만드는데 나보다 더 애정을 갖고 꾸며준 우리글 출판사 식구들이 더없이 고맙다. 종이 냄새가 좋다. 그 냄새 위에 박히는 글자의 잉크 냄새까지도 행복하다. 이 책을 받아드는 분들도 나와 같은 생각이면 더없이 행복하겠다.

2008년 동짓달 첫 눈 내리던 날 햇빛마을에서

임명자

차례

라틴 그 원색의 땅에 입맞추다

1. 여행,
그리움이 먼저 나서는 길

떠나려 한다. 상비약과 기후에 맞는 옷을 챙긴다.

여행은 가방을 쌀 때부터 시작된다. 가방을 싸는 행복감 때문에 여행을 떠나려 하는지도 모른다는 어리석은 생각을 가끔 한다. 가방 속에는 낯설어 더 그리운 설렘이 있으며 순연한 자유가 충만하다.

낯선 곳에서 마주하는 석양, 그곳에서 새롭게 뜨는 태양을 만날 때면 알 수 없는 떨림이 깊숙한 데서부터 올라온다. 그 느낌을 진정 사랑함으로, 제한된 모든 것들을 모르는 채 눈감고 나는 여행을 감행한다.

떠나기 전에 새롭게 만나게 될 낯선 인연들에게 줄 작은 마스코트를 준비하고 그 나라의 음악을 듣고 쉼표 놓을 자리를 생각하는 시간을 가졌지만 이제는 미리 가늠하고 떠나는 여행은 하지 않으려 한다. 낯설음에 오롯이 감동하고 싶어서이다.

어디서나 가슴 부풀도록 황홀해지고 싶다. 말 대신, 손잡고 미소 짓는 것만으로도 마음이 통하는 훈훈함을 느끼고 싶다. 그곳엔 존재를 확인하는 정체성이 있고, 새롭게 만나는 순간이 가장 행복한 때임을 확인하는 당위성이 있다.

내가 어두워 알아차리지 못했을 뿐 내가 원하는 모든 것이 '본래' '그 자리'에 있었다는 것을, 떠나와서야 알게 될 만큼 나는 우매하다. 그래서 두고 온 인연들이 내게 얼마나한 무게인지 가늠하는 적막의 시간이 있다. 또한 그 적막에 묻혀 낯선 곳의 남루함이 눈에 들어오는 순간, 그곳에도 눈 맑고 인정어린 사람들이 빛나고 있음에 감동하는 시간도 있다.

이방인이 되어 있는 나는 쓸쓸함을 눙치는 눈물이 가끔 달콤하게 느껴지기도 하고, 짠맛이 나기도 하며, 웅녀가 먹던 쑥과 마늘 맛 같이 느껴지기도 한다.

여행은 익숙한 의식은 잠재우고 낯선 의식을 깨운다. 그것은 내 의식에 무한 자유를 준다. 여행은 나를 떠나서는 어디에도 내가 없음을 확인하는 작업이며, 절대화된 내 관습의 울타리를 유감없이 허물며 돌아오게 되는 아름답고 즐거운 고행이기도 하다.

순간순간을 행복으로 바꾸는 아름다운 고행 길을, 그래서 나는 떠난다.

이번 라틴 아메리카 여행은 내게는 축복이다. 재미있는 현상은 우리나라에서 지축을 바로 뚫는다면 아르헨티나가 나온다는 것이다. 지구 반 바퀴를 돌아가면 나오는 곳, 우리와 낮과 밤 그리고 기후가 정확히 반대인 곳을 기점으로 돌아볼 라틴의 향기는 나를 흥분시키기에 어느 곳보다도 순도가 높다.

무려 스무 번이나 비행기를 타야하는 이 길을, 그 어느 때보다도 무심無心으로 떠나기로 마음을 정리했다.

지금 나는 내 안의 소리를 가감 없이 듣고 보고 싶어서, 깊은 고요에 드는 기도 중이다. 가는 곳마다 나의 진언이 뿌리 내리고, 옹이처럼 박혀 있는 내 마음의 쓸데없는 무늬들이 흔적 없이 사라져 주기를 바라는 마음을 기도 제목으로 놓고 떠난다.

2. 올라! 매혹의 싸인

오전 8시 30분에 공항에서 만나기로 약속했지만 왠지 일찍 집을 나서고 싶었다. 나름대로 일찍 왔다고 생각했는데, 춘천 팀은 벌써 와 있다.

우리를 20여 일 동안 안내해 줄 TC(tour condacter)를 찾았다. 라틴은 처음이라는 가녀린 여자 TC가 마음에 걸린다. 여기서부터 이번 여행에서는 무엇보다 상대방과의 소통문제를 놓고 기도할 것을 추가했다. 하긴 어디서도 '사람'은 내게 늘 화두가 된다.

TC는 20장이나 되는 두툼한 비행기 티켓을 주며 얼굴 한 번 제대로 쳐다보지도 않은 채 "비행기 티켓 볼 줄 모르세요? 잊어버리면 큰일이니 잘 보관하시고 짐은 C 블록에 가서 각자 붙이세요" 한다. 감정의 폭이 살짝 흔들린다.

공항 가는 버스 안에서도 마음을 아우르는 기도를 놓지 않았는데 이렇게 쉽게 흔들리다니, 대체 기도를 왜 한단 말인가.

여행을 떠날 때면 무거운 짐을 부칠 때마다 친절하게 도움 받는 것에 익숙해진 탓인가. 아니면 멀리 가는 가방이라 제법 무게가 나간다는 염려 때문인가. 그를 향해 섣부른 선입견이 끼어든다. '앞으로 20여 일을 저 아가씨와 어떻게?' 라는…

'나' 라는 에고ego, 바로 그 내가, 언제나 문제이다.

짐을 붙이며 좌석 표를 받는 줄이 한없이 길다. 일찍 오길 잘했다 싶다. 그런데도 통로 쪽이나 벌크 좌석 구하기가 마땅치 않다고 한다. 다리가 긴 편이라 좀 편한 곳에 앉아 가려고 했던 기대를 일찌감치 접는 수밖에 없다. 게다가 일본 나리타 공항에서 비행기를 바꿔 타야 한단다.

이런, 이건 또 무슨 소리람? 단번에 가도 비행시간이 길어 걱정인데, 비행기에서 내려 입국심사대를 통과하고 다시 타야 하는 번거로움을 감당해야 하는데도 여행사에서는 한마디 사전 통보가 없었다니… 할 수 없이 쌀쌀맞은 TC에게 물어보았다. 돌아온 답은 "나도 모릅니다" 한마디뿐이다.

승객을 기다리느라 30여 분 늦게 출발하여, 바꿔 타는 시간까지 포함해 15시간 이상 걸린 끝에 삼엄한 LA 공항 입출국심사대를 거쳐 다시 멕시코 칸쿤 행 비행기를 타기 위해 짐을 끌고 열심히 달려야 했다.

미국은 9·11 테러 이후, 짐 검사와 여권 검사가 여간 까다

로운 게 아니다. 지문을 찍고, 눈동자까지 컴퓨터에 입력시키
느라 기다리는 줄이 줄어들지 않으니 비행기를 제시간에 바꿔
타기 위해서는 달리기를 할 수밖에 없다.

지문까지 찍는다고 일어날 일이 안 일어나겠는가? 이러는
미국이 오히려 더 불안하다. 여기저기 사람들과 마주치는 일
이 만만치 않다.

LA 공항 구석에 붙어있는 멕시코 행 승강장에서 좌석 여섯
개짜리 비행기에 올라 번호를 확인한 후 자리를 잡았다. 뒷자
리가 텅 비었다.

아~ 이제 시작이구나! 하는 순간, 아주 친근하고 멋진 목소
리가 들린다. 조금 전까지 힘들어 헉헉대던 내 숨소리가 갑자
기 멎는다. 어디선가 들어본 적이 있는 멋진 목소리다. 누구
지, 저 목소리의 주인공은?

낮고 그윽하게 내 눈동자를 바라보며 부르는 듯한 목소리,
"올라!~ (스페인어로 가볍게 부르는 소리)" 비행기 탑승에 필요한
주의사항을 말하는 것 같다.

스페인 알모도바르 감독의 영화들이 순간 내 눈앞을 지나간
다. 맞아! 나를 유혹하던 그 목소리가 틀림없어. 아니 그럼, 그
소리가 여기까지 나를 따라 왔단 말이야?

스페인어는 다 저런 목소리로 말을 하는 걸까? 음~ 기대된다.

3. 카리브의 어린 눈동자 - 멕시코 | 칸쿤 -

where is

멕시코 가장 동쪽에 있는 대규모 휴양지로 해변 도시다. '칸쿤' 이란 말은 마야어로
'뱀' 을 뜻하며 호텔 시설이 훌륭하고 수상 스포츠를 1년 내내 즐길 수 있다.

경칩을 맞느라 흰 눈이 살짝 뿌려지던 인천대교를 불과 하루 전에 지났는데, 칸쿤은 무더움으로 나를 맞는다.

살짝 스콜이 지나가며 흩뿌리는 빗방울이 카리브의 바다와 몸을 섞는다. 아, 어느 사랑이 저리도 순수하랴! 그 바다 빛깔은 세모시 옥색의 순연함을 넘어 내게 통증처럼 밀려온다.

지구의 반 바퀴를 돌아와 황홀하게도 마야의 진한 빛깔을 머리부터 발끝까지 적나라하게 물들여본다. 하늘도 바다도 태양도 꽃도 나무도 태어날 때의 그 모습 그대로인 것 같다.

치첸이사의 피라미드를 보러 가는 길엔 온통 카리브의 열정이 눈부시다. 땅바닥에 펼쳐진 기념품 진열대에 누워있는 원색의 알몸들이 전율로 다가온다. 갑자기 내 겉모습을 위해 존재하고 있던 겸손, 인내, 배려, 희생 같은 무거운 겉옷들이 격렬하게 다가오는 저 빛깔 안에서 녹아내린다.

원색의 빛깔들은, 온몸에 깁스를 하고 침대에 누워서도 그림을 그려야 했던 멕시코 열혈 여인 프리다 칼로(멕시코를 대표하는 초현실주의 서양화가, 소아마비와 교통사고 후유증으로 고통스런 날을 보냈다), 그녀의 열정과 닮았다. 참을 수 없는 고통 속에서도 자신을 일으켜 세우던 멋진 여인, 그 여인이 갑자기 떠오른다. 순간 나도 모르게 쓸쓸한 미소가 입가에 번진다.

옥수수 탄생 신화의 후예인 마야인디오 사내가 웃옷을 벗어젖힌 채 관광객을 상대로 그릇을 팔고 있다. 그의 웃음이 유화처럼 느껴진다.

마야인은 우리처럼 엉덩이에 몽고반점이 있는 몽골리언이다.

그들의 엉덩이를 보는 일이 쉽지 않은 일이지만, 우리를 안내하는 K선생이 기어코 보았다고, 웃으며 전해준다. 칸쿤 거리에서 마주치는 낯설지 않은 피부 색깔에 작달막한 체구의 그들을 보면서 서양인에게는 느낄 수 없는 향수 같은 것이 슬며시 마음속을 스치고 지나간다.

지나가는 트럭에서 몽골리언들이 팔을 흔들어 댄다. 나도 마주 흔들어 준다. 석양에 물드는 활기찬 칸쿤이 내 곁으로 가까이 다가온다. 신비스럽기까지 한 카리브의 물빛이 계속 따라온다.

달리는 차창으로 반사되어 더욱 하얗게 부서져 달려오는 파
도를 보며 카리브 해안의 모래밭을 거닐어 보는 호사를 누릴
수 있게 될지 안타까운 마음을 달랜다. 드디어 꿈꾸던 일이 신
기루처럼 내 앞에 다가왔다. 마침 비행기가 연착되는 바람에
해변에 머물 수 있는 오아시스 같은 짬이 났다.

내 어머니의 새댁 시절처럼 고운 옥색 물빛이 나를 물들인
다. 그 물빛만으로도 충분한 한 폭의 그림이 된다. 파도와 눈
맞춤하며 걷는다. 부드러운 모래가 발끝부터 나를 애무해 온
다. 태평양을 건너온 바람을 힘껏 끌어안는다.

몽골리언 아기가 모래톱을 쌓고 있다. 얼른 다가가 감싸 안

자 경계하는 눈빛을 보내온다. 이마를 맞대고 웃어 보이자 따라 웃는다. '엄마 품은 다 똑같겠지?' 새로 만난 인연에게 마스코트를 건네며 일어선다.

아이가 제 부모를 향해 뛰어간다. 건장한 아버지가 선물을 건네받으며 미소를 보내온다. 함께 웃는다. 전생 어디쯤에서, 아님 내생 어딘가에서 다시 만나게 되겠지. 진언 한 소절을 놓고 돌아선다.

어린 눈길이 카리브 해변의 내 발자국을 오래도록 따라 온다. 진한 마야 커피 향을 미련으로 남긴 채 옥색 바다 카리브와 아쉽게 헤어진다. 밀물 같은 황홀한 이별이다.

4. 마야, 거친 숨결을 쓰다듬다

- 멕시코 | 지첸이사 -

where is

지첸이사는 멕시코 칸쿤에 위치한 마야 유적지로 유네스코가 지정한 세계 문화 유산이다. 고대 마야 문명을 엿볼 수 있다.

MAXICO

칸쿤_ 지첸이사

끈끈한 욕망, 무한한 가능성. 방금 붓을 놓은 캔버스의 유화 같은 마야의 빛깔은, 우리의 오방색이나 색동과는 다른 맛인 원색의 향연이다. 눈이 부시다. 멕시코의 예술 작품들은 눈부신 색체감과 정교한 도상학이 특징인데, 그 강렬한 예술성은 중앙아메리카의 빛깔로 문화 전반에 스며들어 있다.

강렬한 햇빛 속에 서면 오히려 모든 사물들이 무채색으로 보이듯이 카리브의 화려한 숨결 속에서는 모든 것이 그대로 침잠되어버린다.

마야인들은 어떤 이유인지는 알 수 없지만, 주기적으로 그들이 살던 도시를 버리고 새 땅으로 옮겨가 다시 도시를 세우곤 했다. 따라서 스페인에 점령되기 전에 그들이 버린 도시는 그대로 밀림에 묻혀 버렸고, 스페인군에게 정복된 도시는 이교도의 도시라는 이유로 철저히 파괴되었다. 특히 가톨릭 신부들은 이교도의 문서라며 마야인들의 문서를 남김없이 찾아

내어 불태워버렸다. 안타깝게도 오늘날 전해지는 문서는 단지 사본 몇 필뿐이라고 한다.

그래서인지 마야의 역사는 수수께끼 투성이다. 멸망한 마야나 아즈텍 문명은 어느 순간 목이 잘리고 불태워져 그대로 잊혀지고 만 것이다. 오늘날 남아 있는 마야인 가운데 자기네 옛글자를 해독할 줄 아는 사람이 하나도 없다고 하니 기가 막힐 뿐이다.

마야(칸쿤)와 아즈텍(멕시코시티) 문명은 같은 시대에 공존했을 것으로 추정된다. 유적과 유물을 통해 교역한 흔적을 발견할 수 있기 때문이다.

마야와 아즈텍, 잉카 문명권 아래 가장 중요한 농작물은 옥

· 옥수수 설화 ·

마야 문명에서는 인간의 탄생 설화가 옥수수와 깊은 관련이 되어 있다.

태초에 신들은 세상을 창조하고 나서 자기들을 경배할 생물체로 동물을 만들었다. 하지만 동물들은 울음소리만 낼 뿐 신들을 경배할 줄 몰랐다. 그래서 인간의 형상을 흙으로 만들어 보았다. 그런데 흙 인간은 말은 하는데 의미를 조합해 내지는 못했다. 나무로도 만들어 보았지만 나무 인간은 말과 생식은 하는데 신들이 원하는 경배는 하지 못했다.

마지막으로 신들이 선택한 재료는 옥수수였다. 옥수수를 아홉 번 곱게 갈아 가루를 낸 뒤 물을 넣어 반죽해 4개의 인간 형상을 만들었고 이 옥수수 인간들은 기적적으로 말을 하고 생식도 하며 신에게 경배와 희생을 바쳤다고 한다.

수수와 감자였다. 특히 옥수수는, 설화를 통해서도 알 수 있듯이 그들의 삶 속에 차지하는 비중이 엄청나다. 지금도 그들은 옥수수로 만든 또르띠아를 주식으로 먹고 있다.

마야문명은, 훈훈아오 옥수수 인간과 지하의 신 슈바발이 건국했다는 설화 속에 유카탄 반도부터 중미 엘살바도르와 온두라스에 이르기까지, 강을 끼지 않은 열대우림인 밀림 속에서 태어났다.

그들은 수학, 천문학, 건축 기술이 뛰어났으며 신성문자를 사용했다. 그들은 태양이 도는데 365.2024일이 걸린다는 것과 금성력과 태양력이 8년에 0.4일의 오차가 난다는 것을 기원전에 이미 알았으며, 수 개념에서 0을 사용할 줄도 알았다.

또한 영학靈學이 발달하여 미래를 점치기도 했다. 어쩌면 그 점성술이 나라를 폐망하게 하는 빌미가 되었을지도 모르겠다.

과테말라 신전에 남아있는 그림을 보면, 비행기 조정석 같은 곳에서 비행기를 조종하는 듯한 모습이 남아 있다고 한다. 그 그림이 무얼 의미하는지는 알 수 없지만 그만큼 문명이 발달했었던 듯하다.

이처럼 유능한 마야인들이 고도의 건축술로 지은 것이 바로 치첸이사에 있는 피라미드 신전 엘 까스띠요이다. 이집트 피라미드는 왕의 무덤들이지만, 멕시코 마야와 아즈텍 문명의

치첸이사의 엘 카스티오El castillo
4면에 계단이 있어 신전으로 오르게 되어 있는데 각91개의 계단과 맨 위의
신전에 있는 것과 포함해 365개가 된다

피라미드는 신전이다. 치첸이사는 마야어로 '우물가의 샘'이라는 뜻이라고 한다.

치첸이사의 유적은 반경 1.5km 안에 남아 있다. 치첸이사에는 기원전 300년경부터 농경민들이 정착하여 살아왔으며, 5세기경에 도시가 건설되었다. 그 후 10세기 초에 중앙고원에서 내려온 똘떼까 부족의 침략으로 혼합된 문화를 갖게 되었으며, 그 후 이짜 족에 의해 거듭나게 되었다고 한다.

진하게 내리쪼이는 햇빛 아래 무방비 상태가 되어, 흩어진 유적들을 돌아본다. 더위 때문에 걸음걸이는 느릴 수밖에 없지만, 역사의 현장을 돌아보느라 머릿속은 궁금증 덕분에 재빠르게 돌아간다. 위대한 유산을 남기기 위해 희생되었을 뭇 생명들에 대한 연민 때문에 유적을 바라보는 행복한 마음, 그만큼의 무게로 가끔씩은 가슴 속에 그늘이 드리워지곤 한다.

엘 까스띠요 El Castillo

주 신전인 엘 까스띠요를 중심으로 여러 유적들이 산재해 있다. 엘 까스띠요 정상에는 쿠쿨칸(유카탄 반도의 마야인들이 받드는 비의 신으로 뱀을 뜻한다)의 신전이 있는데, 이 피라미드에는 네 방향으로 오를 수 있는 계단이 있다.

4면에 있는 91층 계단으로 각각 올라가면, 맨 꼭대기 중앙

쿨쿨칸의 머리,
어느 곳에나 부조되어 있다

세노떼(Cenote) '성스러운 샘'

에 신전이 있어 총 계단 수 364개에 신전으로 올라가는 계단 한 개를 더하면 365개가 된다. 한 해의 날짜 수와 꼭 같다. 이 처럼 이 피라미드는 천문학을 이용한 수학적 계산을 바탕으로 지어졌으며, 태양력에 따른 해시계라고 한다.

피라미드 계단 맨 아래 부분 양쪽에는 쿨쿨칸의 머리가 조 각되어 있다. 춘분과 추분에 벌어지는 영상 쇼에서는, 피라미 드의 삼각 변을 따라 꼭대기에서부터 아랫부분에 있는 머리까 지 빛의 위치에 따라 그림자가 생긴다.

마치 그 모습이 날개 돋친 뱀, 쿨쿨칸이 살아서 기어 내려오 는 것 같다고 한다. 신기하게도 피라미드로부터 멀리 떨어져 박수를 치면 그 소리가 피라미드를 통해 공명되어 '삐릭삐릭

~' 쿠쿨칸이 우는 소리처럼 들린다.

천 년 전에 이미 달빛을 이용해 영상 쇼를 할 만큼 마야인들이 뛰어난 상상력과 기술력을 갖고 있었음을 의미하는 것이라, 그저 놀라울 따름이다. 이 광경을 보기 위해 춘분과 추분기간에는 관광객이 더 많이 모여들기도 한다.

마야인들은 날개 돋친 뱀 쿠쿨칸이 인간을 유혹하는 악마가 아니라, 인간에게 도움을 주는 신이라고 믿었다. 열대우림지역이니 당연히 뱀이 많았을 것이고, 그들은 자연스레 뱀을 숭배의 대상으로 여기며 살아오게 되었을 것이다.

마야인들은 뱀을 영험한 동물이라 여겼다. 허물을 벗으면, 다시 태어나는 것이라고 생각했기 때문이다. 그래서 그들에게 뱀은 영생, 또는 변신의 가치를 의미하기도 한다.

피라미드는 오르지 못했다. 시간이 부족하기도 했지만, 설령 시간이 있었다 하더라도 45도 경사진 길을 오르려면 무척 힘들 것이란 선입견 때문에, 결국 망설이게 되지 않았을까 싶다.

쎄노떼 cenote 연못

주 신전에서 서쪽으로 울퉁불퉁 거친 돌바닥 길을 걸어 들어간다. 으스스하다. 신령스런 연못이 푸른 이끼를 가득 품은 채 짙은 그늘을 드리우며 서늘한 몸을 버티고 있다. 비의 신

차끄가 산다고 여겼던 이 연못은 '희생의 샘', '성스러운 샘'이라고도 불린다.

이 연못은 깊이는 400m에 이르며 석회암지대에 있는 자연 연못이다. 이 연못의 전설 같은 인신공양 이야기가 구전되어 오다가 드디어 세상에 드러나게 된 것은 20세기 초 미국 영사로 멕시코에 부임한 에릭 톰슨이 치첸이사가 포함된 장원을 사들여 발굴하면서부터였다.

농경사회였던 이곳에 가뭄이나 장마로 흉년이 들면, 성인식을 갓 마친 15세 정도 되는 남, 여 아이들 중에서 인신공양 할 아이를 골라 이 연못에 제물로 던진 것이다.

발굴 당시 남, 여 아이의 것으로 보이는 유골과 각종 물품들이 그것을 증명하고 있다. 장신구를 비롯해 보석, 창, 도자기, 흑요석, 가면 등 예술적 가치가 높은 것들이 발견되어 그들의 생활상을 아는데 귀한 자료가 되기도 한다.

이 우물에서 끔찍한 제례의 희생물이 된 이들의 영령들이 아직도 한을 풀지 못해 떠돌고 있는 탓인지, 한낮의 무더위에도 불구하고 어째 으스스하다.

구기 경기장 Juego de pelote

엘 까스띠오 서쪽에 있는 구기 경기장은 신전에 심장을 바칠

구기 경기장

전사를 선발하는 곳으로, 목숨을 건 볼Boll 경기가 벌어지던 곳이다. 양쪽으로 석벽을 쌓고, 그 벽 7m 높이 중앙 양쪽에 링이 있다. 7명이 1조가 되어 경기를 벌였다고 하는데, 지금 봐도 링에 볼을 넣는다는 것은 도무지 불가능해 보인다.

길이 150m에 폭이 약 40m 되는 이 경기장의 석벽은, 위로 올라갈수록 양쪽 벽면이 약간씩 안으로 기울여져 있다. 이러한 공법이 지금의 마이크 시설과 같은 역할을 하였다고 한다. 넓은 경기장에서 상대방에게 전하고자 하는 말이 정확히 전해지고, 선수를 응원하는 환호소리도 충실히 전달되도록, 철저히 계산하여 고도의 건축기술로 세운 것이다. 마야인들의 지혜가 이곳에서도 빛난다.

경기장 아래 벽면에 부조되어 있는 조각은, 경기 전후에 일어난 일을 차례대로 조각한 것이다. 오래되어 마모된 부분도 있지만, 대부분은 아직도 선명하게 남아 격렬했던 그 당시의 경기를 실감케 한다. 하지만 그때의 아우성은 간 곳 없고, 푸른 잔디만이 싱그럽게 여행객 눈의 피로를 풀어주고 있다.

전사의 신전 Tempo de los Guerreros

엘 까스띠요를 중심으로 동쪽엔 전사의 신전이 있다. 햇빛은 전사의 신전을 똑바로 쳐다보는 것을 막아보기라도 하려는

전사의 신전Tempo de los Guerreros - 이 신전 주위에는 돌기둥이
1000여 개가 되고 챠크몰이 맨 위에 있다. 그곳에 심장을 올려다 놓다

듯이 내리쪼여, 오히려 눈앞이 캄캄해진다.

　이곳은 가장 강인한 전사의 펄떡이는 심장을 산 채로 꺼내 제물로 바쳤던 신전이다. 마야인들은 붉은 피가 흐르는 뜨거운 심장을 제대에 바치면, 재규어가 물고 가서 신에게 전할 거라고 믿었다. 재규어(신대륙에서 가장 큰 고양잇과 맹수)와 쿠쿨칸은 멕시코 인들의 영령들이라고 한다. 구기 경기장에서 힘을 겨룬 후, 최후의 승리자인 가장 건장하고 유능한 자의 펄떡이는 심장을 받쳤다는 석조 제상 차끄몰chac mool에는 아직도 붉은 피의 흔적이 남아 있는 듯 불그레하다.

　승리한 젊은 전사가 경기가 끝난 다음, 죽음을 영광스럽게

심장을 올려놓았던 챠크 몰,
부서지긴 했지만 불그레한 핏물이 남아 있는 듯하다

받아들이며 신의 세계로 나아갈 때 펄떡이던 심장의 박동소리를, 그들은 가족과 가문의 승화된 미래를 뜻하는 것이라 여겼다고 한다. 마야의 전통은 그렇게 면면이 이어져 왔다.

1000여 개가 된다는 기둥들이 즐비하게 늘어 서있는 이 전사의 신전은 지붕이 이미 사라지고 없다. 그렇지만 맨 꼭대기에 심장을 올려놓았던 제대, 차끄몰은 아직도 남아 있다. 가장 용감하고 건장한 사나이의 심장을 바치게 한 것은 절대자에게 도전할만한 인재를 일찌감치 제거하기 위한 고도의 정치술수가 아니었을까 의심해 본다. 인간처럼 잔인하게 술수를 쓰는 동물이 이 우주 안에 또 있을까. 그러면서도 인간이 만물의 영장이라니.

까라꼴caracol

숲이 우거진 흙길을 걸어 올라간다. 길가 양옆에서 옥수수의 후예들이 그들의 문화가 뚝뚝 묻어나는 상품들을 진열해 놓고 관광객의 눈을 호사시키고 있다. 원색의 유혹이 눈부시다.

햇빛으로부터 비켜서서 나뭇잎 살랑거리는 그늘을 쫓아 걷다 보니 까라꼴caracol, 즉 소라 고동이라 불리는 천문관측소가 나타난다. 스페인 정복자들이 이 건물 내부가 나선형으로 되어있다고 해서 붙인 이름이라고 한다. 꼭대기 둥근 탑 안에는 나선형의 계단이 있고 끝까지 올라가면 관측실에 이른다.

관측실에는 세 개의 창이 있는데 달이 지는 최북선을 보는 창이 있어 춘분, 추분의 일몰과 월몰을 정확하게 관측했다고 한다. 마야인들은 천체의 움직임을 육안으로 관찰하기보다 정확한 달력을 만들어 사용했을 정도로 대단한 실력을 보유하고 있었다고 하는데, 안타깝게도 모든 문헌은 스페인 선교사들에 의해 불타버리고 없다.

하늘의 암호를 풀어내던 까라꼴은 허물어진 부분도 있지만, 그 모습이 아직도 웅장하다. 까라꼴에서 마야인들이 바라보던 별빛 달빛은 어땠을까, 지금보다 더 황홀하고 찬란한 우주의 향연을 보지 않았을까.

돌아 나오는 길에 이구아나들이 눈에 띈다. 나보다 먼저 숲길로 들어서더니, 갑자기 보호색으로 변한다. 이 숲길을 수없이 오고 갔을 마야인들의 거친 숨소리를 이구아나들은 아직도 기억하고 있을 것만 같다.

5. 황홀함을 넘어서 -쿠바 | 말레콘-

where is

말레콘은 쿠바의 수도 아바나의 구시가지 북쪽에 위치한 해안으로 약 8km에 달하
는 방파제가 있다. 말레콘은 바다에 비친 저녁노을이 일품이라 알려져 있다.

아바나 _ 말레콘

숨겨놓고 보고 싶은 곳, 이곳에 대한 나의 애정은 분명 비정상이다. 이렇게 마음이 쏠리고 있으니 이를 누가 밀리겠는가. 하지만 이유는 있다. 내가 좋아하는 그들의 영혼이 이 땅에서 숨 쉬고 있기 때문이다.

쿠바!

알도 이야기를 먼저 하고 싶다. 알도는 우리에게 쿠바를 안내해 준 얼굴 까만 사나이다. 까만 그를 만나게 된 후 나는 어제의 내가 될 수 없었다. 너덜거리던 남루한 분별의 가치들이 나도 모르게 어디론가 날아가 버렸다. 텅 빈 충만으로 가득한 자유가 느껴진다. 갑자기 여행이 더욱 즐거워진다.

까만 피부의 그에게 대체 무슨 옷이 잘 어울릴까라는 나의 염려가 무색하게, 빨간 남방을 입고 더욱 하얗게 치아를 드러내던 그 남자. 날 때부터 희한하게 뒤통수에 구멍이 뚫려 있었다던 사나이, 알도!

그는 한국에 꼭 오고 싶다고, 여행사 사장님께 졸라 꼭 가겠 노라고 약속했지만 그가 한국에 올 수 있는 날이 과연 언제쯤 일까? 돈도 문제가 될 수 있겠다 싶긴 하지만, 그가 지금 하고 있는 이 일로 벌어들이는 수입 정도라면 그렇게 걱정할 일도 아니다.

그는 북한 김일성대학 어문학부 출신이다. 4년 동안 나라가 주는 장학금으로 그곳에서 한국말을 배운 엘리트인 셈이다. 북한식 어순으로 어눌하게 설명을 할 때면 우리는 까르르 웃 어댈 수밖에 없지만, 그는 그래도 아랑곳하지 않고 아주 열심 히 품격 있는 우리말을 구사한다.

쿠바는 사회주의 국가라 조금 위험할 수 있다는 여행사측의 사전 귀띔에 코웃음을 치며 떠났는데, 내 예상이 빗나가지 않 았다는 것이 더 없이 행복하다. 물론 단 며칠 동안 머문 것을 가지고 뭐라 떠들어댄다는 것이 어불성설이라는 것쯤은 안다. 하지만 사람과 사람이 가슴으로 만나는데 무슨 이데올로기가 필요하단 말인가.

내가 먼저 알도에게 마음을 열었다. 파도치는 밤의 말레콘 을 보고 싶어서, 50년대 파란 고물 자동차가 활보하는 올드 아바나가 보고 싶어서 감행한 어려운 라틴여행길이 아닌가. 떠나기 전에 귀동냥한, '쿠바에서는 어디에서도 밤길이 안전하지 않다' 던 사전 정보가 틀렸다는 사실을 나는 억지로라도 확인하고 싶었던 것인지도 모른다.

쿠바에 도착해 호텔에 여장을 푼 것은 밤 10시가 훨씬 넘은 시각이었다. 알도는 오전에 체코에서 온 여행팀을 보낸 터라 피곤하다고 했다. 그러나 내게는 어쩜 일생에 단 한 번뿐인 기회일지도 모른다. 게다가 그가 한국말을 할 줄 아니 우리가 그를 녹이는 일은 어려운 일이 아니렷다.

'나는 쿠바 이 나라에 정말 오고 싶었던 사람이다. 그리고 그대가 아무리 피곤하다 해도 내 청을 거절하면 신사가 아니지 않는가. 그대의 건장한 몸을 보니 아무런 문제가 없어 보이는데 엄살떨지 마라' 며 웃으며 말하는 내가 그는 더 우스워 보이나 보다.

수고한 대가를 섭섭지 않게 치러야겠다는 생각이 들었다. 사실 돈 이야기는 참으로 민망하고 낯 뜨거운 일이지만, 스케줄 외의 일이니 돈 얘기를 건네지 않을 수 없었다.

"미안하지만 얼마 내면 되겠어요?"

"돈은 난 모릅니다. 그런 것은 옳지 않습니다."

알도의 말에 순간 당황했다. 북한식 어투다. 돈에 자신을 맡기지 않겠다는 의지가 너무나 마음에 든다. 그가 내 마음 안에 들어온다. 그동안 한국 사람들이 숱하게 다녀갔을 터인데 아직도 어눌한 그의 사람됨에 마음이 놓인다.

하긴 이 밤에 말레콘을 가자고 조른 사람은 없었을 터. 물어보니 그렇단다. 오호라, 이런 행복한 만남이라니. 나는 알도를 다시 설득했다. 좋다, 그럼 멋진 이 여인들을 위해 저녁시간을 봉사해 달라. 그러면 좋은 일이 무진장 많이 생길 것이다. 당신은 이 아름다운 여인들과 말레콘을 걷는 영광을 누리지 못하면, 두고두고 후회할 것이다. 이렇게 말도 안 되는 협박 아닌 협박을 가해 드디어 택시를 부르고 말레콘을 향해 밤 여행을 시작한다.

"밤거리가 위험하다는데 참말인가요?" 물으니, 그는 오히려 사회주의라서 밤거리가 더 안전하다고 한다. 그리고 자기가 있으니 염려 없다나? 안전하다니, 얼씨구!

쿠바의 가로등 불빛이 환하다. 함께 간 일행은 아무리 피곤해도 이런 특수를 맛보면 힘이 저절로 솟는 사람들이니, 밤바람을 만끽하며 8km나 된다는 방파제와 올드 아바나를 위한 순례를 시작하기로 한다.

말레콘에서 앞서 걷던 3명의 남자들이 말을 걸어온다. 아버지를 사이에 두고 두 아들이 어깨를 나란히 하고 걷는다. 아버지가 버스 기사 일을 하느라 아이들과 이야기 할 시간이 많지 않아서, 늦은 시간이지만 말레콘을 걷는다고 한다. 쿠바엔 좋

은 곳이 많다고, 그러니 많이 구경하라며 멋지게 어깨를 들먹여 보인다. 쿠바 역시 사람 사는 곳이 분명하다.

사람에게는 먹고 입는, 기본적인 것만으로는 해결이 안 되는 허허로움이 있다. 육신의 배고픔과는 또 다른 고픔이다. 가난한 올드 아바나 골목엔 이 '고픔'을 풍요롭게 채워주는 한없이 볼품없어 보이는 사람들이 있었다. 그들은 거리 곳곳에서 항상 마주치는 노동자들이었다. 그들이 모여 풀어놓은 열정의 한恨은 전 세계를 감동시키고 이곳에 사람을 모이게 하는 힘이 되었다. 나도 그 모래알 같은 사람 중의 하나가 아니겠는가.

'부에나비스타 소셜클럽', 다소 긴 이름을 가진 뮤지션들이 바로 그들이다. 젊지도 않고 인물도 뛰어나지 않으며 배경도 전혀 없는 그들이 뿜어낸 울림은 많은 사람들에게 삶의 행복한 메시지가 되었다.

부둣가에서 노역을 하다가, 구두를 닦다가 모인 그들은 자신들을 위한 시간이 이미 지나가 버린 줄만 알았다. 그런데 미국의 유명한 제작자 라이 쿠더에 의해 다시 모이게 된 것이다.

여든 살이 다 되어가는 노익장들이 빚어낸 보석 같은 음악들, 그리고 그들이 걸어온 삶의 뒤안길은 빔 벤더스 감독이 엮은 영화 '부에나비스타 소셜클럽'에서 재구성되어 세상을 놀

라게 했다. 그들은 태양을 이고 전사처럼 당당히 걸어오는 영
화 포스터에서부터 부활했다.

뮤지션 중에서 특히 '이브라힘 페레'와 여가수 '오마라 포
르투온도'는 우리나라에도 온 적이 있다. 그들의 공연에 함께
한 많은 사람들이 열광했다. 나도 그 자리에 끼여 손바닥이 벌
게지도록 박수를 치며 흥겨워했었다. 그런 그들의 숨결을, 그
들의 삶의 터전인 이곳 쿠바에서 나는 만져보고 확인하고 싶
었던 것이다.

그들의 음악에 이데올로기 같은 것은 허망한 일일 뿐이다.
꿈이 꺾인 그들에게 다시 찾아온 노래는, 진정한 삶을 찾아가
는 희망이었다. 낡은 대문, 삐걱거리는 계단, 마를 대로 말라
쭈글거리는 피부, 그러나 부에나비스타 소셜클럽 대표 싱어인
이브라힘 페레는 노래를 할 때만큼은 이 세상에서 가장 행복
한 노인처럼 보인다.

오마라 그녀 역시, 슬픔이며 한恨을 한恨으로 엮어내지 않는
다. 아리고 쓰라린 모든 것을 노래 속에서 희망과 꿈으로, 열
정적인 사랑으로 꽃피워 놓는다. 카리브의 열정은 바로 이런
긍정적인 가치관으로부터 오는 것일 게다.

쿠바의 사회 질서와는 달리 말레콘에는 젊은이들의 낭만과 넘
치는 자유가 파도와 함께 넘나든다.

말레콘에 도착하니, 이미 그들은 바닷가에서 떠났고 어둠만이 그물을 치고 있다. 그러면 어떠랴. 보름을 넘긴 이지러진 달과 처음 만났지만 마음에 와 닿는 알도가 함께 하거늘.

차들이 다 돌아간 도로에서 몇몇 젊은이들이 비트 강한 음악을 크게 틀어 놓고 춤을 추고 있다. 1950년대 구형 승용차 한 대가 방금 바다에서 건져 올려 바닷물이 든 것 같은 빛깔을 뽐내며 8차선도로로 한가운데 머물러 있다. 흐릿한 불빛에 비치는 건물의 연륜도 예사롭지 않다. 그 좁은 골목을 따라 오래된 이야기들이 느리게 귓속말을 건네 온다. 어둠과 물빛 아, 올드 아바나의 색감이 바로 이런 것이구나.

음악에 따라 몸을 흔드니 젊은이들이 오라고 손짓을 한다. 뛰어가

섞이고 싶었지만, 그러기엔 시간이 너무 늦었다.

알도는 무척 진지하게 이야기를 들어주고 말을 건넨다. 알도에게 오늘 너무 늦었으니 아내에게 미안하다는 뜻으로 전해주라며 달러 몇십 불을 쥐어줬다. 설마 그의 자존심을 상하게 하진 않았으리라. 악수를 청하자 검은 피부와는 달리 무척이나 보드라운 그의 살갗이 따듯하게 전해져 온다.

무사히 호텔에 도착해 '내일 봐~~!' 라는 다정한 인사를 알도와 나누고 나니, 새벽 2시가 되어 온다. 방에 들어오니 마치 스위트룸 같은 객실이다. 경제가 어렵다는 쿠바에 이렇게 근사한 객실이 있다니! 관념 속에 묻어 두었던 것들을 날리는 순간이다. 룸메이트와 나는 이 고조된 기분을 놓치고 싶지 않아, 3시가 넘도록 또 다른 이벤트를 하며 시간을 보냈다.

아, 내일은 새로운 오늘이다. 잠이야 매일, 아니 아직도 몇십 년 동안 실컷 자게 될 터인데 오늘 하루 뜬눈으로 지새운다고 무슨 일이 일어나겠는가?

La Vida del Ché
(The Life of Che Guevara)

Ché Amor Politica Rebeldia

6. 시가 연기에 묻히는 쿠바의 속살

- 쿠바 | 체 게바라를 기억하다 -

who is

체 게바라는 아르헨티나 출신의 사회주의 혁명가로 쿠바의 게릴라 지도자이다. 멕시코에서 쿠바 혁명에 참여하다 총살당했다.

여기가 정녕 쿠바란 말인가? 몇 시간 눈을 붙였는지 알지 못한 채 벌떡 일어났다. 노닝콜이 오려면 아직도 30분쯤 남았다. 커튼을 열어젖힌다. 이른 시각인데도 호텔의 파란 수영장과 열대 나무들은 강렬한 태양을 농염한 몸짓으로 벌써부터 끌어안고 있다. 그 느낌을 전해 받으며 여행자의 마음도 안달이 난다.

오늘 나에게 올 흥분과 감동을 미리 준비라도 해야 하듯이 마음이 바쁘다.

짐을 싸고, 챙겨 입고, 밥 먹고, 이 세 가지 일을 수행하는 것이 여행에서의 필수 고행이다.

밥하고, 빨래하고, 청소하는 것들을 하지 않아도 된다는 것이 여행을 하며 느끼게 되는 즐거움 중 한 몫을 차지했었다. 그런데 이번 여행에서는 여러 나라를 거치다보니, 먹고 짐 챙겨 비행기 타는 일이 너무나 힘겹게 느껴진다. 오죽하면 '집

에서 그냥 빨래나 할 걸 그랬나?' 라는 말이 막 터져 나오려고 한다. 그래도 그건 아니지, 마음을 흔쾌히 돌린다.

'알도, 피곤했지요?' 악수를 하고 자리에 오른다. 거리엔 어젯밤에 본 바다 빛깔의 차보다 더 한, 어떻게 아직 굴러다닐 수 있을까, 의문이 드는 차들이 즐비하다. 그러나 여기서 처음 보는 듯한 아주 세련되고 오래된 고급차들도 즐비하다.

쿠바는 이곳의 다양한 자동차만큼 여러 인종들이 모여 뿌리를 내리고 산다. 노예로 끌려와 이곳을 터전으로 살아가는 알도처럼 까만 아프리카인들의 후예, 스페인이 점령해 뿌려놓은 스페인 계열의 백인, 쿠바 원주민, 그리고 멕시코 사탕수수 밭에 일하러 왔던 한국인들의 후예도 있다.

이렇게 뿌리가 혼재되어 있어도 그들은 아무 편견 없이 잘 살아간다고 한다. 그들의 속내를 다 알 수는 없지만 거리에선 얼굴빛이 제각각인 사람들이 섞여 웃으며 이야기를 나누고 있다.

골목엔 분주한 사람들이 서성인다. 바로 저 모습이 사람 사는 것일 게다. 저런 속살을 만져 보고 싶은 것이다. 그러나 우리가 예전에 그랬던 것처럼 알도도 쿠바의 발전된 모습만을 보여 주고 싶은가 보다. '아냐, 알도! 우리는 사람 냄새 풀풀 나는 그런 곳이 더 좋아요.' 이삿짐을 싣는지 폐차장에서도 만나보기 쉽지 않을 것 같은 트럭 한 대가 짐을 싣고 있다. 그냥 이대로가 좋다.

　서구 강대국 사이에 끼어 어려움을 겪어내며 경제가 힘들어진 나라치고는, 쿠바 사람들의 표정은 매우 밝고 유연해 보인다. 어디서건 무엇이건 그들 손에 닿기만 하면 리듬이 되는 걸 보면, 천부적인 감각의 소유자인 듯하다. 노인 걸인들까지도 리듬을 연주하며 돈을 요구한다. 이런 긍정적인 힘이 어려움을 버텨내고 있는 것이리라. 나도 그 긍정의 힘을 믿는다.

　쿠바, 여기 오기 전에 나를 설레게 만든 사람이 또 있다. 시가 연기를 멋지게 피워 올리며 우수어린 눈동자로 그윽하게 바라보던 그 사람.

　일곱 번 거절할 만큼 당찬 여인을 사랑했던 사나이, 남미의 가난한 이웃을 두고 떠나지 못했던 아르헨티나 출신의 휴머니스트, 천식이 심해 병약할 수밖에 없었던 남자, 세기의 어느 배우가 그보다 더 수려했으랴. 혁명가라는 낯선 이름보다는 시인이라는데 더 의미를 두고 싶어지는 그! 오늘은 그의 숨겨진 미소를 만나리라.

　순간 멋진 그가 눈앞을 스친다. 갑자기 좌불안석이 된다. 어디지? 턱수염에 비스듬히 베레모를 쓴 그가 나타났다. '체 게바라' 당신! 그가 이 나라의 영웅이 되어 벽에서 뛰어 나온다.

　위정자들은 왜 그를 죽여야만 했을까? 그가 남긴 시와 일기

쿠바의 자동차들

를 읽으며 가슴이 먹먹했던 적이 몇 번이었던가. 바람결에 그의 턱수염이 나부껴서인지, 햇살에 비친 그의 형형한 눈빛 때문인지 마주 바라볼 수가 없다.

쿠바여! 이브라힘 페레, 체 게바라, 당신들이면 여긴 충분하다오.

그들의 눈빛에 내 눈빛을 포개놓고 돌아선다. 이것이 인연이라면 몇 광년을 돌아 내 눈빛이 그대들 가슴에 꽂히리라.

내 눈에 보이는 그들은, 어쩔 수 없이 내가 보고 싶은 것에만 한정되어 있음을 고백하지 않을 수 없다. 그러면서도 가끔은 내가 보고 싶은 것만 볼 수 있는, 객관적이고 싶지 않은 자유도 허락되어야 한다고 역설한다. 나는 지금 충분히 주관적인 시선으로 행복할 따름이다. 이 행복 앞에 합장하며 금빛 진언을 풀어 놓는다.

"소유에 집착했다면 벌써 사라졌다."

어느 성구聖句보다 명징하다. 가난했던 부에나비스타 쇼셜 클럽의 이브라힘 페레가 던진 한 마디가 쿠바를 내 안에 감추어 둔 채 두고 두고 보고 싶게 한다.

혁명광장의 공공기관에 설치된 체게바라의 모습
(Hasta la Victoria Simpre!)

7. 낭만을 연료로 가는 기차

- 쿠바 | 사탕수수밭으로 가는 길 -

where is

쿠바는 세계적인 사탕수수 생산국이다. 최근 쿠바는 사탕수수밭을 작은 기차로 돌
아보는 관광상품을 개발해 운영하고 있다.

　휴양지 바라데로로 가는 길에 사탕수수 밭에 들를 것이라고 한다. 가난했던 우리 선조들이 희망을 안고 초췌한 모습으로 떠났던 그때, 멕시코로 가던 배가 이곳에도 닻을 내려 핏줄을 뿌리내리게 된 사탕수수밭.

　멕시코 이민 1세인 우리 할아버지들은 그렇게 뿌리를 내린 후, 지금은 낯선 땅 속에서 한을 삭히며 고향을 생각하시겠지. 그분들이 있었기에 오늘 내가 이 자리에 인연이 닿아 오게 되었는지도 모른다. 긴 시간 동안 배고픔과 외로움, 노동의 고통이 산처럼 쌓여 있었으리라. 내가 즐기는 이 순간이 그분들의 땀일지도 모른다는 생각에 이르자 가슴이 먹먹해 온다.

　19세기 쿠바는 노예 노동력으로 전 세계 설탕산업의 1/3을 독점해 번영을 누렸다고 한다. 저 사탕수수밭에서 알도의 흑인 선조들도 자식을 위해 생명을 지키며 수모를 견뎌내야 했을 것이다. 그러나 이제 쓸모가 적어진 넓은 사탕수수밭을 보기 위해 놀이삼아 기차로 여행을 온다고 한다.

사탕수수밭에 얽힌 비화는 그대로 접어둔 채, '기차' 라는 말에 순간 맘이 들뜬다. 기차를 타기만 해도 행복해지는 터에, 무제한 제공되는 오픈 바가 있고, 살사 춤 공연도 라이브로 한다고 하니 기대 충만이다. 이브라힘과 체 게바라만으로도 충분한데, 이런 행운이?

상상을 하다 보니, 머릿속에서 온갖 생각이 춤을 춘다. 붉은 카펫이 깔려있고, 맑고 경쾌한 소리가 나는 크리스털 잔에 맛있는 와인이 찰랑거리는 환상적인 분위기. 게다가 알도는 살사를 추겠다고 한다. 그렇다면 알도와 한판 굿을 벌여?

버스가 멈춘 간이역, 하늘빛과 구름이 너무 아름다워 감탄하며 기차로 향한다. 그런데 기차를 보는 순간 그 자리에 서버렸다.

아니 이럴 수가! 역시 쿠바다.

멀리 구름 아래 얼굴을 내민 기차는 쿠바 길거리의 자동차처럼 1950년대 모습 그대로, 달랑 두 량짜리다. 기관차 앞머리 한 대와 객차 한 대.

조금 전의 환상이 와르르 무너지는 소리가 들렸지만 그 모습이 얼마나 정겨운지 모른다. 기관차 앞머리 문으로 얼굴을 내민 이웃집 할아버지 같은 기관사와 손을 흔들어 인사를 하고,

아가씨가 구멍을 뚫어 검표한 기차표를 받아들고 달려간다.

기차에선 반도네온, 기타, 봉고, 차량고를 연주하며 다섯 명
의 악사들이 우리를 맞는다.

'치자 꽃 두 송이를 그대에게 주었지

사랑한다고 말하고 싶어서

내 사랑/그 꽃은 당신과 나의 심장이 될 거예요

치자 꽃 두 송이를 그대에게/ 내 키스의 온기를 담아서 보냈지

누구보다도 뜨거운 나의 키스를/꽃들은 당신 곁에서

나 대신 속삭일 거예요/나 대신 사랑한다고 말해 줄 거예요

그러나 당신이 날 버리고/다른 사람을 사랑한다면

내 사랑의 치자 꽃은 죽어버릴 거예요'

– 이브라힘 페레가 부른 〈치자꽃 두 송이Dos Gardenies〉

'난 꽃들에게 숨기고 싶어 하네

내 영혼의 쓰라린 고통을

나는 꽃들이 아는 것을 원치 않아

삶의 괴로움을 꽃들에게 알리고 싶지 않네

만일 꽃들이 삶이 내게 준 내 슬픔을 알게 되면

내 고통으로 인해 꽃들도 따라 울 테니,

쉿 조용히, 모두 잠들어 있으니

수선화와 흰 백합들, 내 슬픔을 꽃들에게 알리고 싶지 않아

내 눈물을 보면 시들어 죽어 버릴 테니까 '

쿠반 재즈라 부르는 쿠바의 음악은 흑인 특유의 리듬에서부터 시작된다. 그리고 낙천적인 그들이 고통을 잊으려고 몸부림치며 빚어내는 리듬 위주의 음악을, 스페인식 식민지 정책자들이 받아들이게 된 것으로 보인다. 한편 아메리카로 건너간 흑인 음악은 리듬을 내는 행위를 시위를 하는 것이라고 생각한 영국계 주인들 때문에, 점차 영혼을 울리는 소울이나 흑인영가로 자리를 잡게 된 것이다. 쿠바인 내부에 흐르는 낙천성으로부터 쿠반 재즈가 태동되었고, 살사, 맘보, 콩가, 탱고조차 그 기반을 쿠바 음악에 두고 있다고 한다.

부에나비스타 소셜클럽이 불러 유명해진 노래 '찬찬' 연주가 흥을 돋운다. 카펫이 안 깔려 있으면 어떠랴, 크리스털 잔이 없으면 또 어떠랴. 낡은 기차는 신나는 쿠반 재즈에 맞춰 피곤도 잊은 채 낭만이 그득하다.

관타나메라, 키싸스, 찬찬, 치자 꽃 등 아는 곡이거나 모르는 곡이거나 기차는 낭만을 연료로 흐르고 있다.

그런데 악사들이 힘차게 연주하며 노래를 부르는데도 일행들은 별 반응 없이 서로 눈치만 본다. 연세 드신 분들이 부부 동반을 하신지라 여간 마음이 어렵지 않았으나 에라, 모르겠다! 신나는데 가만히 앉아 있는 것도 연주하는 그들에게 실례가 아닌가.

몇 번 공연 관람을 통해 눈요기했던 살사 춤을 어설픈 흉내를 내며 테이프를 끊었다. 아마 다른 분들도 춤을 추고는 싶지만, 체면 때문에 몸이 말을 듣지 않는 모양이다. 악사들은 더욱 신나게 연주를 한다. 분위기를 띄우자 드디어 여기저기서 일어선다. 진즉에 그럴 일이지, 로마에 가면 로마법을 따르는 게 도리 아니겠는가. 체면 따위는 그저 무거운 관념일 뿐이다.

연주하며 춤을 추는 악사들

기차 안에 마련된 소박한 바

'더 이상 포장 속에 자신을 가두지 마세요.' 때로는 자신을 포장 속에 가두어 놓고도 가두었다는 생각조차 못 할 터이니 어찌하랴. 나도 그 속의 한사람이었었으니…….

기차 안에서 알량한 오픈 바를 운영하시는 노익장은 빈 병을 들고 즉석에서 리듬을 만든다. 노익장과 한바탕 리듬에 몸을 맡겨 보았다. 차창 밖으론 한국의 가을 하늘을 뛰어넘어선 빛깔로 하늘이 따라오고 있다. 문득 혼자만 행복한 것이 미안해진다.

가방을 뒤져 심부름하는 앳된 쿠바 처녀에게 마스코트를 슬쩍 건넨다. "이건 한국의 결혼 풍습을 담은 거야." 환하게 미소 짓는 그녀의 모습을 보며, 내 안에 자리 잡고 있는 인연들에 대한 미안함을 극복해보려고 한다. 우주 안의 모든 인연은 인드라망으로 연결되어 있음으로.

기차는 종착역에 다다랐다. 노래 불러주는 까만 저 사내들의 선조들과 함께 헐벗은 채 굶주림에 떨었을 우리 이민사의 첫 장을 열었던 에니껜, 그 아픈 역사를 이 기차 안에서만은 잠시 모른 척 밀쳐두고 싶었는지도 모른다. 고통을 다시 꺼내 보는 일처럼 하기 싫은 것은 없으니까.

열심히 마음을 다해 노래하고 반겨준 쿠바 악사들에게 박수를 보낸다.

8. 파도 죽비 - 쿠바 | 바라데로 -

where is
바라데로는 20㎞의 긴 백사장을 자랑하는 바닷가로 쿠바 최고의 관광 휴양지다.
아름다운 바다 색을 지니고 있으며 사계절 내내 햇빛이 좋다.

바라데로 휴양지에 도착했다. 며칠 동안 쉴 틈 없이 휘몰아
친 스케줄이었던 터라, 오늘 하루만이라도 좀 쉬게 해주겠다
는 배려일까? 이곳에 오는 길 내내 아름다운 바닷가가 차 왼
쪽으로 줄지어 따라왔다. 덕분에 하얀 포말이 이는 파도를 바
라보기도 하고, 외국 투자자들에 의해 지어진 바닷가의 멋진
호텔들을 보며 즐거워하기도 했다.

오른쪽 마을에 길게 이어진 빨랫줄에서는, 궁핍한 살림살이
가 느껴지는 마른 빨래가 바람에 흔들리고 있었다. 왼쪽과 오
른쪽을 번갈아 바라본다. 때론 저 빨래처럼 간간히 후줄근해
지기도 하고, 볕에 말려져 보송보송해지기도 하는 삶을 잠시
생각해 보았다. 어쨌거나 나처럼 피가 도는 사람들이 이곳에
도 살고 있다는 것에 마음이 놓인다. 저들의 삶이 참으로 정겹
게 느껴진다.

40만 평쯤 된다는 리조트형 호텔에는 먹을거리 놀거리가 푸

마차를 타고 올라간 바라데로 유적지.

짐하다. 짐을 내려놓고 무엇을 먼저 즐겨 볼까 궁리해본다. 오픈 버스를 타고 시내를 한 바퀴? 아니면 마차를 타고 양산 쓴 낭만파시대의 귀부인이 한 번 되어 보는 건 어떨까? 일행은 후자에 모두 손가락을 걸었다. 아무리 피곤해도 여행의 참맛을 찾아 제대로 즐겨보겠다는 뜻이렷다.

호텔 벨 보이를 '올~라!' 일단 애교 섞인 목소리로 부른다. 그리고 스페인어를 잘 모르는 우리와 영어실력이 부족한 그들이 어찌 어찌 하다 보니, 서로가 하고자 하는 말을 대충 알아듣게 되었다. 마차가 5분 후에 도착하니 기다리란다.

'원 달라!', 팁을 쥐어주고 마부와 흥정한다. 6명이 타는 것인데 우리는 5명밖에 안되니 깎아 달라고……. 그런데 절대 안 된다고 한다. 한 번 갈 때마다 요금이 계산되는데다가 언덕 너머에서 사장님이 보고 계시니 그럴 수 없단다. 우리는 믿거나 말거나, 그럼 그냥 가자며 일찌감치 가격 조정을 끝내고 자리에 앉았다.

말을 타보니 기분은 좋은데, 마음이 아프다. 무게가 이곳 여자들처럼 많이 나가는 건 아니지만, 우리 무거운 마님들을 모시고 가는 저 말이 너무 가엾어서 엉덩이를 붙이고 앉아 있기 불편하다. 그렇지만 달리 묘안이 없다. 말의 운명이려니 생각하며 서서히 체념을 하고 귀부인처럼 앉아 웃고 떠들며 카리브의 하늘과 바다를 바라본다.

그런데 언덕을 넘어오다 보니, 아까 믿으려 하지 않았던 마부의 말대로 사장님이 정말 체크를 하고 있는 것이다. 마부의 말을 믿으려 하지 않았던 것이 너무 미안하다. 평소 남을 믿으려 하지 않던 못된 습관이 남아 있었던 탓이다. 그리고 내 편견대로 관광객에게는 요금을 비싸게 받을 것이라는 고정관념을 버리지 못한 탓이다. 마음공부를 해야 할 문제들이 부지기수로 발견된다. 그냥 흘려버릴 수도 있는 작고 사소한 문제들 속에 나도 모르게 꽁꽁 숨어 있는, 문제투성이인 다른 내가 있는 것이다.

마차 여행을 느긋하게 즐기고 돌아와 바닷가로 나갔다. 칸쿤의 바다 빛깔 같지는 않지만, 석양에 물들어가는 바다는 또 다른 황홀경임에 틀림없다.

바지를 걷어 올리고 물결을 따라 걷는다. 이곳에서의 일정은 저녁 먹고 자는 일만 남아 있어 모처럼 몸도 마음도 한가하다.

임산부와 함께 바닷가에 온 외국인 남자가 우리나라 말을 알아듣는다. 몇 년 전에 한국에 가본 적이 있다며 무척 반가워한다. 우리가 더 반갑다. 쿠바의 휴양지에서 한국을 자랑스럽게 여기는 사람을 만나다니!

그들 부부는 스리랑카 사람인데 현재 캐나다에서 살고 있으며, 휴가를 이곳으로 왔다고 한다. 그의 아내는 남산만한 배가 너무도 자랑스럽다는 듯이 수영복을 입고 남편과 함께 신나게 걷고 있다. 그 모습이 아름답다.

습관처럼 한국 남자를 떠올려 본다. 배부른 아내에게 저렇게 수영복을 입혀 바닷가를 함께 거닐 수 있을까, 그것도 자랑스럽게? 그런데 어쩌면 우리나라 밖이라면 가능하지 않을까 하는 엉뚱한 생각이 들기도 한다. 어찌되었건 저 스리랑카 남자는 어디든 상관없다는 표정이 역력하다.

그런데 그들을 바라보는 시선 속에, 지난 내 모습이 설핏 스친다.

첫 아이를 임신했을 때, 남편은 배부른 나를 두고 친구와 당당히 여름휴가를 바닷가로 다녀왔다. 유난히 더웠던 그해 여름에 시어머님을 모시고 씩씩거리며 혼자 여름을 나던 생각이 그들의 모습 위로 겹쳐 보인다. 진즉 버릴 것이지 아직도 이처럼 많은 걸 쌓아두고 있다니....

왠지 오늘쯤은 일행이 함께 모여 마음을 정리할 거리가 있을 듯하다.

지난 여름 화양계곡에서 물소리 명상을 맛본 터라, 바닷가에서 명상을 하는 것도 좋은 경험이 되리라. 쿠바의 바닷가 모래밭에 가부좌를 틀고 앉는다.

바람이 소곤소곤 말을 건넨다. 적요의 순간이 오고, 잠시 나를 들여다본다. 떠나올 때부터 오늘 이 시간까지 몸과 말과 뜻으로 지은 모든 것들을 떠올리며 내려놓는다. 파도소리가 죽비로 울린다.

모래를 털고 일어서서 저녁 먹을 곳을 찾아 나섰다. 그럴듯한 식당을 골라 들어서자마자 장미꽃을 안긴다. 아니 이런? 한 송이씩 받아들고 자리를 잡자 쿠바에서 제일 미인인 듯한

젊은 아가씨가 어떤 포도주를 마시고 싶은지 취향을 묻는다. 황홀하다. 이어서 잘생긴 청년이 포도주를 따라준다. 이런, 이거 팁 엄청 나가는 것 아냐? 습관 때문에 또 분별하고 의심한다. 그러나 그것은 신의 가피였음을.

다음날, 내가 만찬장에서 포도주 덕분에 홍조를 띤 채 행복한 표정으로 장미꽃을 안고 식탁에 앉아 졸았다는 후문이 들렸다.

9. 코히마르 가는 길   - 쿠바 | 코히마르에서 헤밍웨이를 만나다 -

where is

코히마르는 헤밍웨이가 낚시를 즐겨 하던 곳으로 〈노인과 바다〉의 모티브가 된 곳
이다. 그의 집과 별장 등이 보존되어 있다.

코히마르

COBA

동백꽃을 보러 갔더니 동백꽃은 아직 일러 피지 않았고 막걸리 집 여자의 육자백이 가락에 작년 것만 오히려 남았다는, 그것도 목이 쉬어 남았다는 미당의 시가 가당키나 한 것인지.

코히마르로 가는 길이 마음에서 무겁다.

코히마르 레스토랑 Horario에서 목이 쉰 것이라도 좋으니 헤밍웨이! 그의 너털웃음 한 토막이라도 남아도는 것이 있다면 얼마나 좋을까.

우리말로 지어 부른다면, 선술집이라는 게 딱 어울릴 바닷가 바 Horario엔 은발의 그가 웃는 모습이 거나하다. 부둣가에 낚싯배를 대고, 혹은 낚시를 다녀와서 그레고리오 영감과 오늘 잡았거나, 혹은 놓쳐버린 고기들에 관해 설왕설래하며 불콰하니 젖었을 그의 얼굴이 바의 벽면을 가득 채우고 있다.

쿠바를 사랑한 그가 1961년 7월 2일 한 발의 총성으로 은발을 붉게 물들인 후, 어언 40여 년이 흘렀다. 그리고 사회주의 쿠바는 아이러니하게도 그들이 추방한 최고의 부르주아 헤밍웨이를 일으켜 세워 지금 이렇게 수입원을 만들고 있는 것이다.

헤밍웨이의 소설 〈노인과 바다〉의 모델이며 주인공이었던 헤밍웨이의 오랜 낚시 친구, 푸엔테스 그레고리오 역시 2002년에 세상을 떠났다고 한다. 푸엔테스는 약 30년간 헤밍웨이를 위해 배를 저어주고 요리를 해주며 낚시 친구가 되었는데, 헤밍웨이는 1960년 미국으로 돌아갈 때까지 푸엔테스의 집에서 지냈다고 한다. 그 후 푸엔테스는 헤밍웨이의 아바나 교외

핑키 라비히야 별장에 있는 헤밍웨이 박물관

저택, 엘 필라를 상속받았으나 저택을 쿠바 정부에 헌납하여 헤밍웨이 박물관이 되게 했다.

　사춘기 어린 시절에 〈노인과 바다〉를 읽었을 때 나는 삶이란 게 참 허무하다고, 그레고리 영감이 참 안됐다고, 그렇게만 이해했었다. 그런데 긴 시간이 흐르고 난 지금은 소설 속의 많은 부분을 다른 맛으로 이해하게 된다. 시간은 이처럼 많은 것을 가르쳐주는 스승이다.

　헤밍웨이가 그레고리오와 이 바에서 마신 술만 하더라도 엄청났으리라. 녹새치가 잘 잡혔다고 한 잔, 안 잡혔다고 한 잔…… 그렇게 술잔을 주거니 받거니 하며 기쁨과 아쉬움도 나눴을 것이다.

　성미가 쾌활하고 급하며 호탕하면서도 이기적이고 개방적인 사람이었다는 헤밍웨이, 그는 네 번씩이나 결혼을 했다고 한다. 도대체 그의 여성편력은 어디에 뿌리를 둔 것일까? 어쩌면 그렇게 운명지어진 것인지도 모르겠다. 생동감 넘치고 적극적이며 열정 가득한 그에게 낚시와 사냥, 여행, 그리고 여자는 그의 문학을 풍성하게 만들어주는 재료였을 것이다.

　호기심 가득한 모습이 눈부셨던 남자, 헤밍웨이는 프랑스, 스페인, 이탈리아와 아프리카를 돌고 난 후 쿠바에 와서, 영원히 머물고 싶어 했다. 〈누구를 위하여 종을 울리나〉를 여기서

낚싯배 '필라르'

마무리 했고, 노벨 문학상을 탄 〈노인과 바다〉〈강 건너 숲〉 〈해마다 날짜가 바뀌는 축제〉 역시 쿠바에서 완성했다.

그의 낚싯배 '필라르'가 통통거리며 드나들었을 부둣가를 걸어본다. 그 역시 덥수룩한 수염을 쓰다듬으며 무수히 이 부둣가를 오르내렸을 것이다. 이제는 그의 발자국이 스며든 이 부둣가조차도 역사 속의 한 장이 되어가고 있다.

코히마르 바닷가 레스토랑을 떠나, 시원하게 고속도로를 달린다. '핑키 라비히야' 헤밍웨이 별장에 가기 위해서이다. 그곳은 그가 올드 아바나의 암보스 문도스 호텔에서 〈노인과 바다〉라는 거대한 작품을 탄생시킨 후, 옮겨 앉게 된 집이라고 한다.

하얀 목조 건물이 먼저 눈에 띈다. 안으로 들어가 보니, 헤밍웨이가 집필할 때 썼던 것으로 보이는 책상과 의자가 보인다. 그가 풍기는 이미지와는 달리 참으로 소박해 보인다. 벽을 메우고 있는 장서에서는 세월의 무게가 느껴진다. 저 책갈피마다 그의 지문이 낙서처럼 묻어 있으리라. 더듬어 보고 싶지만 출입금지라니 눈길로 만져 볼 수밖에 없다.

사냥에 낚시에 여자까지, 남자가 즐길 수 있는 모든 것을 즐기며 사랑한 헤밍웨이. 그는 자신이 만들어낸 간결한 문장과는 달리, 굵고 복잡하고 힘든 삶을 살았던 사람이었던 것 같다. 그리고 그렇게 쓰여진 그의 글은 문학사뿐만이 아니라, 영화사에도 큰 족적을 남기게 된 것이다.

헤밍웨이가 기르던 고양이 80마리와 개 4마리 무덤도 있는 핑키 라비히야, 헤밍웨이 박물관이 된 별장에는 대서양의 바다 빛만큼이나 푸른 침대와 낚싯배 필라르가 잠시 집을 비운 주인을 기다리듯 누워 있다.

천둥과 비가 한차례 지나간 뒤에 맑은 고요가 찾아오듯이, 들끓던 그의 내부를 잠재운 한 발의 총성이 지나가고, 이곳에는 이제 카리브의 뜨거운 태양만이 가득하다. 자귀나무는 무슨 인연으로 앞마당에 꽃을 피워내고 있는 것일까? 돌아오기를 기다리는 사람이 있어 분홍빛 꽃망울로 종소리를 내려 함일까?

달빛에 올드 아바나의 암보스 문도스 호텔의 명패가 선명하더니만. 호텔의 낡은 엘리베이터에서 나와 시가를 물고, 지금 막 그가 여기를 오려고 택시!

하고 손을 흔드는 것은 아닌지 핑키 라비히야 하얀 집을 자꾸만 뒤돌아보게 된다.

호세마르티 공항에서 쿠바와의 이별을 준비하려고 하는데, 열 살쯤 되어 보이는 사내 녀석이 무엇이든 손에 닿는 데로 두드리기만 하면 신나는 리듬이 되는 모습에 잠시 넋을 잃는다. 아, 이제 이 리듬과도 이별이다.

알도와 포옹하며 이별인사를 나눈다. 까만 피부가 붉어 오는 것은 처음 본다. 그의 볼이 부드럽다. 이런 인사는 처음이라고 부끄러워하는 알도를 보며, 우리는 다시 까르르 웃음을 교환한다.

Photo review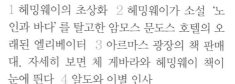

1 헤밍웨이의 초상화 2 헤밍웨이가 소설 '노인과 바다'를 탈고한 암모스 문도스 호텔의 오래된 엘리베이터 3 아르마스 광장의 책 판매대. 자세히 보면 체 게바라와 헤밍웨이 책이 눈에 띈다 4 알도와 이별 인사

GUANTANAMERA.

GUANTANAMERA, GUAJIRA GUANTANA-
MERA, GUANTANAMERA, GUAJIRA
GUANTANAMERA.*
YO SOY UN HOMBRE SINCERO
DE DONDE CRECE LA PALMA Y
ANTES DE MORIRME QUIERO
ECHAR MIS VERSOS DEL ALMA.

NO ME PONGAN EN LO OSCURO a
MORIR COMO UN TRAIDOR.
YO SOY BUENO y COMO BUENO
MORIRÉ DE CARA AL SOL.

9. 호세 마르티의 관따나메라 - 쿠바의 혁명가요를 만나다 -

This is

'관타나메라' 는 쿠바 혁명의 아버지로 추앙받는 호세 마르티가 쓴 詩를 가사로 만
든 것으로, 쿠바에서 비공식 국가처럼 부르는 대표적인 혁명가요다.

Guantanamera

Guantanamera Guajira Guantanamera

Guantanamera Guajira Guantanamera

Yo soy un hombre sincero De donde crecen las palmas

Yo soy un hombre sincero De donde crecen las palmas

Y antes de morirme quiero Echar mis versos del alma

Guantanamera Guajira Guantanamera

Guantanamera Guajira Guantanamera

Mi verso es de un verde claro Y de un carmin encendido

Mi verso es de un verde claro Y de un carmin encendido

Mi verso es un ciervo herido Que busca en el monte amparo

Guantanamera Guajira Guantanamera

Guantanamera Guajira Guantanamera

Con los pobres de la tierra Quiero yo mi suerte echar
Con los pobres de la tierra Quiero yo mi suerte echar
El arroyo de la sierra Me complace mas que el mar

관타나메라 과히라 관타나메라

관타나메라, 관타나모의 농사짓는 아낙네여

나는 야자나무가 무성한 나라에서 태어난 진실한 사나이

죽기 전에 바라는 것은 나의 마음에서 우러난 시를 들어 달라는 것

나의 시는 연푸른색 그리고 새빨간 색

나의 노래는 산속에서 은신처를 찾고 있는 상처 입은 사슴

조국의 가난한 사람들과 나의 운명을 함께 하리

산속의 작은 계곡이 나는 바다보다 좋아

이 세상을 떠나 땅으로 돌아가서 살고 싶네

푸른 나뭇잎 수레를 타고 저 세상까지

　　- 호세 마르띠가 쓴 관따나메라-

긴 시간 동안 버스를 타고 가며, 나는 알도에게 쿠바의 시를 하나 적어 달라고 부탁했다. 한글도 제법 잘 쓰는 알도지만 왠지 그들이 쓰는 언어로 적은 것을 받고 싶었다. 갑자기 부탁하니 외워둔 시가 없다고 무척 미안해하더니 생각이 났는지 또박또박 써내려간다. 두 량짜리 기차 안에서, 아니 우리나라에서도 흥겹게 따라 부르던 '관따나메라'를 적어준다.

쿠바인들이면 누구나 좋아하는 이 노래는 혁명의 아버지로 추앙받는 호세 마르티가 쓴 詩에 곡을 붙혀 만든 것으로, 그가 혁명에 실패해 감옥에 갇혀 있을 때 쿠바인들을 향해 희망의 메시지를 전달한 것이란다.

아름다운 노래 '관타나메라'는 쿠바에서 비공식 국가처럼 부르는 대표적인 혁명 가요로, 지금도 쿠바 민중이 즐겨 부르는 노래다. 쿠바인들은 어려운 환경에 처해 있어도 이 노래만 들으면 모두 꿋꿋이 살아갈 힘을 얻게 된다고 한다. 기차 안에서 신나게 불러주던 이 노래가 힘든 고비를 넘어온 그들을 위한 희망의 찬가였음을 알게 되니 가슴이 뭉클해진다.

  – "호세 마르티는 독립을 외쳤던 선각자이며 훌륭한 교육자이고 시인이기도 한 바로 쿠바의 국부이다. 훌륭한 문인으로 많은 작품들을 남긴 그, 바띠스따 독재정권을 무너뜨린 1959년 혁명은 사회

주의 혁명이라기보다는 지체된 민족독립 운동과 사회개혁운동으로 해석하는 편이 옳다고 한다.

쿠바의 혁명이 사회주의 혁명으로 자연스럽게 이름 붙여진 것은 미국이 경제봉쇄정책으로 카스트로 권력을 무너뜨리려 했을 때 소련이 원조를 제공하고 후원자를 자처하고 나섰기 때문이다. 쿠바 공산당이 몇 년 전에 당 대회를 통해 당이 마르크스–레닌주의 정당이라는 사실을 지우고 다시 마르티의 정당이라고 재규정한 것도 이런저런 것을 말해준다. 프랑스 혁명의 이념인 자유, 평등, 박애 같은 맑스 이전의 전통으로 돌아간 것처럼 쿠바 공산당도 역시 마르크스 레닌 보다는 조국의 국부 호세 마르티의 품으로 돌아갔던 것이다."–

이성형 저 《배를 타고 아바나를 떠날 때》

쿠바의 수도 아바나에 있는 혁명광장엔 국부(나라에 큰 공을 세운 존경받는 지도자)인 호세 마르티의 기념탑이 있다. 머리를 들고 바라보니, 탑이 하늘에 닿을 듯 높고 유난히 햇빛에 반짝인다. 145m나 되는 탑 안에는 호세마르티의 혁명 기념관이 있고, 맨 꼭대기에는 전망대가 있어 아바나 시내가 한눈에 다 보인다. 이 넓은 광장에서 5월 1일 혁명기념일에는 행사가 벌어진다고 한다.

혁명광장의 호세마르티 기념탑

행위 예술을 하는 사람들

지금도 경제가 어렵고, 설탕이나 밀가루, 고기 등을 배급 받는다는 쿠바는 대중교통 수단이 발달하지 않아, 걷는 것이 생활화 되어 있다. 그러나 회색의 건물 속에 갇혀 군인들이 무시무시할 정도로 일사불란하게 움직인다든가, 거리에 무장경찰이 줄을 섰다던가 하는 사회주의와는 거리가 먼 나라이다.

쿠바에서는 언제 어디서나 리듬이 넘쳐난다. 길에서는 그 리듬에 맞춰 춤추는 사람들을 만날 수 있다. 광장 노천카페에서는 아름다운 선율이 즉석으로 연주된다. 여인들은 임신한 배를 자랑스럽게 내밀며 공원에 앉아 해바라기를 하고, 악사들은 길거리에서 여행객을 상대로 멋지게 퍼포먼스를 하곤 한다. 그래서 길거리에서는 밝은 빛이 넘친다. 흑인과 백인, 황색인이 서로 인정하며 하나가 되어 살아갈 수 있는 것도 음악을 좋아하고 춤을 좋아하는 국민성 덕분이 아닐까 하는 생각이 든다.

쿠바에서는 벽에 쓰인 구호만이 이곳이 사회주의라는 것을 알려 주고 있다. 그러나 야자나무가 그려진 물빛 남방을 입은 늙수그레한 아저씨가 옆집 아저씨처럼 미소를 짓고 있긴 하지만, 쿠바는 여행객들도 페소(쿠바 화폐)만 사용해야 하며, 달러를 전혀 쓸 수 없게 한다. 그만큼 자존심이 강한 나라이다.

Photo review

1 꽃을 파는 여인으로 분장하고 사진을 찍어주고 모델료를 받는다 2 시가를 피워 문 체 게바라 모델 3 쿠바의 초등학교 학생들

알도는 내가 쿠바의 재즈 그룹 부에나비스타 소셜 클럽의 이브라힘, 오마라, 세군도와 곤잘레스에 관해 말하면, 그보다 더 훌륭한 뮤지션들이 쿠바에는 얼마든지 있다고 힘주어 말하곤 했다. 이제는 나도 그의 말을 믿는다.

민중을 사랑하고 나라를 사랑한 호세 마르티에게 경의를 표한다. 넓디넓은 혁명광장을 바라보다 보니, 알 수 없는 허허로움이 가슴에 밀려온다. 알도가 정성스럽게 써 준 '관따나메라'를 떠올리며 잠시 흥얼거려본다.

10. 순간을 기억하기 -쿠바 공항에서-

목마름이 그런대로 해소된 쿠바를 이별하고, 위협감을 주는 로봇인형 같은 사람들이 심사하는 쿠바의 출국 검색대를 빠져나왔다. 쿠바 공항에서만은 정말 사회주의의 무시무시한 분위기가 느껴진다.

이륙한 비행기가 다음 여행지인 멕시코시티에 잘 데려다 줄 것이라 믿으며 잠에 빠져든다. 질보다 양으로 승부하겠다는 만만찮은 야심의 여행사 스케줄 때문에, 가방과 함께 점점 몸도 짐짝이 되어가는 것 같다. 스페인 발음이 워낙 강해서 토막으로 알아듣는 영어조차 전혀 알아들을 수가 없다. 그러니 잠이나 자 두는 게 상책이다.

사육당하는 '닭장 속의 닭' 같다는 생각을 비행기 안에서 종종하게 되는 이번 여행길, 이젠 그 불편함에도 익숙해져버렸다. 비행기에서는 좀처럼 잘 수 없던 내 오랜 습관도, 홍수에 강둑 무너지듯 이번 여행길에서는 사라져버렸다. 마음은 아직도 놓지 못하던 것을, 몸이 먼저 습관을 버리는 기특한 일을 하는 것이다.

얼마나 지났나. 3시간은 걸린다던 거리가 아직은 한참이나 남은 것 같은데 착륙을 한다. 눈을 뜨고 보니 옆자리의 외국인 들도 어수선하다. 아니? 쿠바공항으로 다시 돌아오다니, 어째 이런 일이?

내리란다. 비행기에 이상이 생겨 회항을 했다는 것이다. 아 뿔싸! 공중에서 혹 사라지려 했던 것은 아닌지, 텔레비전 뉴스 에서나 보던, 남의 일로만 생각했던 일이 생긴 것이다. 순간 잘 뇌까리던 말이 떠오른다. 잠자다가 죽는 것, 여행하다 비행 기에서 죽는 것 모두 행복하겠다던. 만일 정말 그런 일이 생겼 다면 진정 난 그 순간에 무얼 할 수 있었을까?

한 친구가 스승이 되어 나무란다. "그런 말 하지 마!" 단호하 다. "다른 사람들이 들으면 어떻겠어? 자기는 좋을지 모르지 만." 아, 그렇지. 그 친구는 떠나올 때 여행자 보험을 하나 더 들고 왔다고 한다. 나 역시 죽음이란 것에서 과연 초연할 수 있을까. 다시 마음속을 확실하게 들여다보아야겠다. "고마워, 깨우쳐 줘서. 나만 생각했네, 미안해!"

상대방을 향해 쏟아내는 비난이나 혹은 칭찬까지도, 그 모 든 것들은 다 각자 자신의 내면에게 하는 이야기라는 걸 늘 깨

쿠바공항의 만국기, 수교가 안 된 우리나라 국기가 없어 서운했다

우쳐주시는 스승님의 말씀이 마음을 스치며 지나간다. 처음엔 멋모르고 부정하던 이 말들이 이제사 깨우침으로 온다.

비행기에 앉아 도착할 때까지 마음을 내려놓는 수련인 방하착을 하곤 했다. 진언眞言독송도 했다. 나는 우주 속에서 사라지고 허공만 있곤 했다. 앞으로 나아가질 않고 머물러 있는 때가 많아 더러는 그대로 잠에 빠지곤 했는데. 이번에도 불안하지 않은 마음이 오롯했었다. 회항을 했어도 다 잘 될 것이라는 믿음이 온다.

비행기는 부품을 도착지인 멕시코에서 가져다 고쳐야 한단다. 급한 게 없고 아직은 모든 것이 마음대로라는 이곳 남미,

비행기 연착쯤은 예삿일도 아니라는데 승객을 대하는 태도는 기대할 것도 없으니 마음 푹 놓고 쉬기로 한다.

쿠바 공항은 만원이다. 이미 밤은 되었고 일행 중 몸이 좀 불편한 분, 연세가 드신 분들이 한기를 느끼게 되는 공항 안에서 밤을 지새기가 좀 난감하다. 몇 시간이 걸려야 할지 모르는 일이니 TC 혼자 이리 뛰고 저리 뛰고 몸이 단다. 쿠바가 사회주의 국가이긴 하지만 거리의 사람들의 표정은 무척이나 자유로워 보였는데 공항직원들은 무척 고답적이다. 서비스보다는 지위를 누리는 게 행복한가 보다. 그래, 완장이든 모자든 가졌을 때 실컷 누려 보시게나.

시간은 자정이 지나 있었다. 기다림에 지쳐 잠을 청한 사람들 틈에 가부좌를 틀고 앉았다. 부처님은 무량원겁즉일념無量遠劫即一念이요, 일념즉시무량겁一念即是無量劫(한량없는 긴 시간이 곧바로 일념이고, 찰나의 한 생각이 무량한 겁이다)이라 하셨지만, 중생심은 어리석게도 시공이 하나임을 몸으로 느껴보고 싶어진다.

나의 기도처인 법당을 떠올리고 집을 떠올려 본다. 시차로 봐서 아마 지금 도량에선 다들 한창 기도 중이시겠지? 멀리 떠도는 중생의 안위를 걱정하시는 스승의 마음이 와 닿아 가슴이 뜨끈해진다. 감사한 마음에 눈물이 스르르 맺힌다. 자비의 힘을 강력히 느낀다. 내가 지금 여기 있게 된 행복을 받아

지닌다.

집을 떠올리자 남편과 시어머님의 모습이 보인다. 갑자기 내가 저 높이 위에 있다. 마치 우주선을 탄 듯 허공이다. 그곳에서 내려다보니 내가 참는다고 말로 떠들던 것이 결국은 티끌만도 못한 인내였다고 느껴진다. 갑자기 얼굴이 달아오른다. 왜 나는 이렇게 멀리 와서야 볼 수 있는 것인지… 깊이 참회가 된다.

공항엔 우리 일행의 승객들과 다른 곳으로 가려는 승객들로 붐빈다. 왁자한 소리가 들리는 순간 여러 장면이 스친다. 그때 친구가 나를 살짝 건드린다. 시간이 꽤 오래 지났나 보다. 동행하는 분들 중에 몸이 불편한 분을 위해 내가 갖고 있던 숄을 건네주며 마음을 다시 다스린다.

8시쯤에 목적지에 도착했을 비행기인데, 6시간 동안 기다려 다시 비행하고 멕시코시티 공항에 새벽 3시가 넘어 도착했다. 하마터면 큰일을 당했을 뻔했던 서로에게 무사히 도착한 것을 축하하며, 현명하게 판단한 기장에게 박수를 보낸다.

언제 도착할지 모르는 우리를 마중하기 위해 새벽까지 기다려 반겨주는 멕시코에 사는 가녀린 한국 아가씨의 마중도 고맙다. 하지만 난, 내가 좋아하는 여행을 하다 삶을 마감해도 좋다는 생각을 아직은 수정하고 싶지 않다.

11. 하늘 더 가까이 - 멕시코 | 멕시코시티 -

where is

'멕시코시티'는 멕시코의 수도로 정치 · 경제 · 문화의 중심지이다. 고원이 경작지와
목장, 계곡과 삼림에 둘러싸여 열대 고원도시로서는 가장 살기 좋은 곳이다.

멕시코 시티

쟈카란다 보랏빛 꽃잎이 그늘을 만들어 주는 거리와는 어울리지 않게 매연이 가득하다. 익숙한 냄새가 코끝으로 파고든다. 몸이 먼저 냄새를 기억해낸다. 내가 사는 도시에서 겪는 일들을 잊고 싶은 때도 있건만, 이렇게 생각나게 하는 상황과 마주치게 되면 무언지 모르게 그리움처럼 가슴 한 켠이 아려온다.

이곳도 사람으로 도시가 포화상태인 듯하다. 산꼭대기조차 작은 집들로 빽빽하다. 가난을 이겨내겠다며 일자리를 찾아 도시로 몰려드는 사람살이는 어디나 마찬가지인 모양이다.

돌아다니다 보니, 땅이 엄청나게 넓어서 농촌에서 개간만 하면 소득이 될 만한 일이 많을 것 같다. 그런데 웬일인지 미국에 밀입국해 스페니쉬라는 불명예스러운 대접을 받곤 한다.

멕시코 사람들은 착하고 긍정적인 성품을 갖고 있다고 하는데, 그런 불명예를 무릅쓰고 미국에서 일할 수밖에 없는 것이

멕시코인들의 현실인가 보다. 사람이 본성을 잃지 않고 살아
간다는 것이 우리 삶에서 얼마나 어려운 일인지 새삼 생각해
보게 된다.

한때 눈부시게 빛났던 문명은 이미 스러졌다. 그리고 사람
들은 수많은 쟁탈전을 치르며 알게 모르게 지어온 많은 죽임
과 죽음들로 현대문명을 이루었다. 어쩔 수 없이 이곳 사람들
도 그 값을 치르느라 이토록 힘겹게 지내는 모양이다.

아즈텍이나 마야의 위정자들은 노예를 끌어와 그 중에서도
지도자가 될 만한 제일 건장한 사람들을 산 제물로 바쳤다고
한다. 해의 신전, 달의 신전을 지어놓고 성대히 제사를 지냈다
고는 하지만 그 무거운 인연들이 과연 어디로 갔겠는가.

어디서나 지도자가 문제다. 나라가 흥망으로 가는 데는 다
른 조건들도 물론 있겠지만, 지도자라는 높은 지위에 있는 사
람들의 신념이 가장 중요하다고 본다. 이 나라도 예외는 아닌
듯하다.

넓은 땅덩어리에 자원이 풍부한 라틴아메리카 대부분의 나
라들을 보면, 찬란했던 한 시절 뒤에 찾아온 궁핍한 모습 속에
'성하면, 스러진다'는 명제가 분명히 드러난다. 모든 것이 제
행무상諸行無常(잠시도 하나의 모습으로 머무르지 않는다)이니, 그 또
한 인과의 세월이리라.

달의 피라미드

사자死者의 큰 길과 해의 신전, 달의 신전이 남아있는 도시 유적 테오티와칸, 그리고 그곳에 남아있는 아즈텍 문명을 만나러 간다. 얼굴 넓적한 가시 선인장들이 유적보다 먼저 나를 맞는다.

사람 키만 한 선인장이 수문장처럼 서 있는 피라미드 신전은 멀리서 봐도 그 모습이 장관이다. 신께 제사를 지내는 일이 저렇듯 장엄해야만 했을까. 어느 유적지를 보나 웅장함을 놓칠 수 없다. 보다 크고, 보다 강렬해야만 신의 응답이 있는 것인가.

고대의 신이나 현세의 신은 다른 분일까, 같은 분일까? 우문을 더듬는다. 지금도 가끔 동양최대 운운하며 불상 또는 탑을 세우는 일, 하느님의 성전 운운하며 엄청난 교회를 짓는 일을 보면 신이 그것을 원하시지는 않을 것 같다. 그렇다면 인간이 그걸 원한다는 건데, 신이 인간을 그렇게 하고 싶어 하도록 창조했단 말인가. 이런 우문들로부터 벗어나야 하는 것도 내가 참구해야 하는 과제일 것이다.

해의 신전, 달의 신전을 보면, 인간의 염원이 얼마나 큰 지 짐작이 된다. AD 2C경에 만들어진 것으로 추정되는 이 피라미드는 돌로 쌓은 이집트의 피라미드와는 다르게 볕에 말린 흙과 벽돌로 만들어졌다. 벽돌과 벽돌 사이의 공간에 잘 말린 흙을 집어넣어 지금의 시멘트 역할을 아주 충실히 하고 있는 것이다.

그리고 이 피라미드 신전을 중심으로 달의 피라미드까지 길게 뻗은 길 양쪽에는, 도시를 형성했던 유적들이 허물어져 돌무덤처럼 되어 버린 채 산재해 있다.

세상에 있는 피라미드 중에서 제일 크다는 해의 피라미드를 올라본다. 가파르게 축조되어 있다. 신께 제사를 지내기 위해 오르는 길이었으니, 얼굴을 들지 못한 채 엎어지듯이 오를 수밖에 없었겠다. 계단을 오르다 보면 한 층 한 층을 마감하는 곳에 약간 넓은 공간이 있다. 왕도 제사를 지내러 오르려면 좀 쉬어 가야 했었나보다.

다시 오른다. 쉬고 오르기를 반복하며 248계단이 끝나고 나니 중앙은 평평하다. 이 피라미드 발견 당시에는 맨 윗부분 중앙에 흙이 쌓여 있었다. 그런데 그걸 치우다 폭발이 되어 지금 모습으로 마무리 할 수밖에 없었다고 한다. 본래 모습은 어땠을지 궁금하다.

상처 하나 없는 젊은 몸의 피를 바치며, 왕은 여기서 두 팔 벌리고 하늘을 향해 모두의 영원한 삶과 영광을 염원했겠지? 푸른 초원과 도시가 한눈에 들어온다. 멀리 달의 신전 또한 장엄하다.

이 자리에 서고 보니 마야문명과 아즈텍문명을 만나는 행운이 나의 힘만은 아니라는 강력한 확신이 든다. 가슴을 열고 눈을 감는다. 피라미드 한가운데, 왕이 서 있었을 법한 자리에 머물러본다. 왕이나 된 듯이 세상에 있는 모든 것들에게 나도 감사를 드린다.

지금 이 순간에 감사하자! 이 순간이 바로 과거요 미래이니. 테오티와칸 피라미드의 묵은 세월의 벽돌이며, 지금 바로 내 얼굴의 솜털까지 쓰다듬는 바람에게도, 이곳을 오르려고 서 있는 저 아래 많은 사람들에게도 신의 가호가 함께 하기를 발원한다.

오를 때보다 가볍게 내려간다. 신께 제사를 지내고 내려가는 길엔 왕도 이렇듯 자신감이 생겼으리라. 괜히 신바람이 난다.

이곳의 계절은 가을로 들어서고 있다. 하지만 태양이 너무

해의 피라미드 주변의 유적들

뜨겁기만 하다. 평생 겨울에 내리는 눈을 모르고 살아가는 사람들이니, 순결한 여신처럼 내리는 우리나라의 겨울눈이 이들에겐 얼마나 낯선 풍경일까. 순간 우리나라의 겨울을 떠올려 보니, 이 뜨거움도 참을 만하다. 잠시 가부좌를 틀고 숨을 고른다.

'무엇이든 다 이 마음 안에 있다'라는 법어가 날이 서서 쟁쟁 울린다.

옛 아즈텍 도시의 한 가운데를 걷고 있으려니 그 시간을 거쳐 온 그림자가 나를 맞는 것 같은 착각이 든다. 수많은 사람들의 발자국이 지나쳤을 '사자死者의 거리' 위에 나의 발자국을 포개며 인연의 한계를 가늠해 본다.

아득한 그 시절, 인디오의 여인들 역시 가슴에 사랑을 품고 이 거리를 걸었겠지. 달의 피라미드를 향해 걷는 길에 피라미

드와 생명을 같이 했을 법한, 빛깔이 바래지 않은 채로 남아있는 아주 귀한 그림이 발길을 잡는다. 이곳을 지켜준 영령이었을까? 뚜렷한 모양새와 아름다운 채색의 퓨마 그림이다.

마야와 아즈텍 문명의 발생지는, 지금은 같은 멕시코 영토지만 거리상 큰 차이가 있다. 그러나 공통점이 많다. 수학과 건축학 등이 뛰어나게 발달한 것, 산 사람을 재물로 바쳤다는 것, 가장 용감하고 민첩한 동물을 수호신으로 삼은 것 등이다. 마야는 재규어이고 아즈텍은 퓨마를 상징으로 하는 것만 보아도 연관성이 없다고는 볼 수 없을 것 같다.

라틴아메리카 대부분의 나라가 스페인에 의해 정복당한 불운한 역사로부터 근대가 시작되었다. 고유의 글자가 없었던

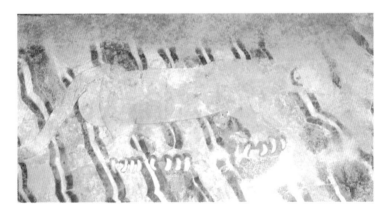

사자의 거리에 남아 있는 퓨마 그림. 색감의 유려함이 보인다

잉카 외에는 각자 글이 있었는데도 스페인어를 공통으로 쓰는 것을 보면, 일제에 침략당해 소멸될 뻔 했던 우리글이 보존되고 쓰이는 것에 조상님들에게 무한 감사를 드려야 할 일이다.

라틴아메리카의 어느 곳에서나 한국인들은 근면하고 열심히 일하는 사람들이라고 소문이 나 있다고 한다. 한발 더 나아가, 이 넓은 땅에 부지런하고 근면한 한국의 농부들을 몇 년 동안만이라도 살 수 있게 하면 어떨까?

멕시코는 석유 매장량이 엄청난데도 자동차 기름 값이 우리나라만큼 비싸다. 이유는 기술력이 없어 엄청난 양으로 매장된 원유를 다른 나라로 보내어 정재된 것을 다시 수입해 쓰기 때문이란다. 밤거리도 캄캄하다. 전력이 부족한 탓이다. 부모가 아이들 교육에 적극적이지 않아서 그런지 아이들 교육에도 문제가 많단다.

더운 나라 사람들 특유의 느긋함 때문인지, 경제력이 없기 때문인지, 풍부한 자원 때문인지, 나의 관념으론 이해가 잘 안된다. 관념을 버리러 떠난 여행이니 그래, 뭐 많이 배우고 많이 가졌다고 더 행복한 일도 결코 아니리라고 본다. 어디에서도 스스로 행복을 느끼면 그것이 '최고의 선'이라고 결론지으며, 낙천적인 웃음을 짓고 있는 멕시칸에 섞여 본다.

12. 성모님! 우리의 성모님

- 멕시코 | 멕시코 시티 과달루페 성당 -

where is

과달루페 성당은 멕시코시티 북쪽에 위치한 가톨릭 성당으로 1531년 성모님이 후
안 데이고 성인에게 두 번 현신한 후 세워진 성당이다. 흑인 성모상이 모셔져 있다.

멕시코 시티

멕시코시티 퇴빼악 언덕에 자리한 과달루페 성당엔 특이한
분들이 계시다. 그분들을 안 뵙고 갈 수야 없지. 성당의 규모
가 만만치 않다.

스페인 군대가 말 타고 총을 들고 나타났을 때, 영학靈學이
발달했던 이 나라의 인디오들은 그들이 올 것이라고 예견을 했
다고 전해진다. 다만, 참으로 어리석게도 그들을 신이라고 믿
었다는 것이 아즈텍 문명을 멸망케 한 불행을 불러온 것이다.

영적인 지혜는 있었지만 그것을 바로 보는 지혜가 부족한
탓인지, 아니면 전혀 상상할 수 없는 것이 나타났기 때문인지
그 이유를 알 수는 없다. 하지만 다리가 여섯이고 머리에는 깃
털을 꽂은 것이 다가왔을 때 영접해야 한다는 예언이 안타깝
게도 적중한 것이다.

말을 탄 사람이니 다리가 여섯이고 스페인 군대의 모자에
깃털이 꽂혀 있었으니, 그들의 운명이 이들 때문에 마지막이

퇴뻬약 언덕의 과달루페 성당

될 줄 모르고 오직 신이 강령했다고 믿었는지도 모르겠다.

스페인 군대는 발전된 아즈텍 문명권 속에 자신들이 와 있음에 놀라, 찬탄을 하지 않을 수 없었다고 역사서에 적었다. 그들은 우선 종교를 내세워 인디오들의 의식을 바꾸어 나가기 시작했다.

그렇게 시작된 식민지 시대가 1500년대이니, 독립하기까지 300년이 넘는 기간 동안 라틴아메리카 대부분의 국가들은 가톨릭 국가가 되어버렸다. 그리하여 라틴아메리카 어느 나라이건 웅장하고 거룩한 성당이 없는 곳이 없다. 어느 곳이나 최적의 자리에 최고의 높이와 넓이를 자랑하는 성당들은 이제 많은 이들의 정신적인 고향으로 자리 잡게 된 것이다.

그런데 이곳 과달루페 성당에는 하얀 얼굴의 성모님이 아니라, 인디오를 닮은 흑인 성모님이 특이하게 모셔져 있다. 이분이 바로 그들의 진정한 성모님이신 것 같아 보인다.

얼굴색이야 아무려면 어떠하랴만, 이 성당이 유명한 까닭이 흑인 성모님을 모셨다는 것이라고 하니 생각해 볼 문제가 아닌가. 이곳에 서 보니, 백인 우월주의에서 오는 선입견이 이 성당에서 더 확연해지는 것 같다.

1531년경 인디오 농부, '후안 데이고' 앞에 어느 날 성모님이 나타나셔서 '나를 위한 성당을 이 언덕에 지어라'고 현현하시고는 사라지셨다. 후안 데이고는 사제에게 이 말을 전했으나 아무도 인디오인 그의 말을 믿지 않았다. 다들 '그것이 사실이라면 표적을 보이라'고 하니, 데이고는 다시 기도했다. 그리고 드디어 성모의 응답이 있었다.

마침 데이고의 숙부님이 많이 편찮으셨는데 그 덕분에 낫게 된 것이다. 또, 겨울이었는데도 언덕에 장미꽃이 만발했다. 데이고가 옷을 벗어 그곳에 핀 장미를 한 아름 싸안고 사제를 찾아가니, 그제야 모두 성모의 현현을 받아들이게 되었다고 한다.

그리고 1556년 알론소 데 모뚜바르바라 주교님께서 결국 이곳 떼뻬악 언덕에 성당을 지었다. 이곳에 나타난 성모님의 모습이 인디오를 닮은 흑인이었기에, 이 성당에 그분을 닮은 성모상을 모시게 된 것이다. 그때부터 갈색 피부의 성모님을

퇴빼악 언덕에 나타나신 검은 얼굴의 성모마리아께 경배하는 모습

'과달루페의 성모님' 이라 부르기 시작했으며 12월 12일을 성모의 축일로 정하여 기념하고 있다.

성당안에는 후안데이고 성인이 장미를 싸온 성의聖衣에 성모의 모습이 나타난 그림이 걸려 있다. 이 성모님을 인디오들은 또 하나의 신앙처럼 모시고 있다고 한다. 인디오들이 간절히 보고 싶은 것, 바로 마음 안에 있는 것이 발현된 것이지 싶다.

비가 내리는 오후에 들른 이 성당에서는 보기 드물게 '낀세안' 이라는 성년식이 거행되고 있다. 예쁘게 분홍빛 드레스를 차려 입은 두 아가씨가 신부님과 성당을 꽉 메운 신자들의 축하를 받으며 견진성사(가톨릭 신앙 안에서의 성인식) 예식을 하고 있다. 높은 돔 안을 울리는 성가가 가장 낮은 무의식 상태로 가라앉게 만든다.

스님들의 산사 새벽 예불소리, 이슬람 성전에서 울리던 새벽 기도소리, 지금 이 성당에서 들리는 성가…. 성전에서 울리는 거룩한 음성은 가장 순수한 내면의 나를 마주하는 시간을 갖게 한다. 어디서나 그 순간 느껴지는 마음이 참眞이라면 족한 것이다.

얼굴 까만 성모상이 비를 맞고 서 계신다. 그 앞에서 성모님을 위한 아름다운 꽃들을 바라보며 진언 한 소절을 선물하고 떠난다.

13. 기도 - 멕시코시티 | 소깔로 메뜨로 뽈리타나 성당에서 -

where is

소깔로 광장의 대성당은 총 공사 기간이 240년이 걸린 거대한 성당으로 바로크,
고딕, 르네상스 등 다양한 건축 양식이 조화를 이뤄 독특한 분위기를 자아낸다.

멕시코 시티

신이시여!

까마득하게 올려다 뵈는 성당 천정 그곳에 계시나이까.

높고 깊고 무한히 넓은 허공에 계시나이까.

신이시여!

오늘 제가

당신이 죄 지은 자들을 위해 십자가에 피 흘리신

위대함을 진정으로 믿사옵니다.

당신의 피가 헛되지 않게

제 마음에 화인으로 박혀 있는

원아영리삼악도願我永離三惡道

원아속단탐진치願我速斷貪瞋痴

원아광도제중생願我廣度諸衆生의 원을 이루게 하소서

신이시여!
하늘의 순리는 언제 어디서나 진리이니
오늘 진리로서
당신께 간절히 발원합니다.

신이시여!
생로병사에 묶여 있는 모든 사람들을 두루 살피시어
마음 안에 있는 우주의 본성을 발현케 하시고
당신은 언제나 사람의 마을에 임하고 계시다는 믿음에
힘을 실어 주소서.

이 불빛으로 하여 당신의 지혜로운 광명이
모든 이들의 마음 안에 더욱 빛나기를 원하옵니다.
오늘 저의 간절한 발원 하나 이곳에 놓고 갑니다.

성당 안에서 50센트를 주고 초를 사서 불을 밝힌다. 무릎을
세우고 손을 모으니 발원이 저절로 나온다. 성전에 계시는 그
분의 기운이 내게 전해오는지 갑자기 머리끝이 서며 온 몸이
오싹해진다. 순간 가슴이 떨려오더니 물기가 총총 맺힌다. 일
체유심조의 발현이 이곳에서도 이루어지는 듯하다. 내가 밝힌

이 촛불의 발원이 우주에 이르기를!

대성당을 나오는데 가슴이 뜨거워 주체할 수가 없다. 빗속에 눈물인지 빗물인지 한참을 어우러진다. 다시 한 번 성당 쪽을 바라다본다. 무엇이었을까? 내 가슴을 이리 훑고 지나간 것은.

대통령 궁 앞 광장에는 비를 맞으면서도 무대 위에서 공연이 한창이다. 어디에서도 젊음은 유쾌하다. 비트 강한 기타 음이 성당 꼭대기 십자가를 맴돌아 비처럼 흘러내린다. 우보익생만허공雨寶益生滿虛空 중생수기득이익衆生隨器得利益(보배의 비가 가득차서 그릇에 따라 온갖 이익을 얻게 하소서)의 법法비가 소깔로 광장에 가득하기를 바라며 총총 발길을 돌린다.

쏘칼로 광장은 옛 아즈텍 문명의 도시였다고 한다. 아즈텍 문명이 마지막으로 발견된 템플로 마요르Templo Mayor는 쏘칼로 광장 옆에 옛 아즈텍 왕국의 수도 떼노치 뜰란 중앙 신전의 조형물로 전시되고 그 옆에 옛 도시의 잔해들이 발굴되어 있다. 스페인 점령 후 스페인 도시화하며 아즈텍의 문명은 묻혀 버린 것이다. 그러나 주위 땅 밑에는 아직도 아즈텍 영혼이 남아 있는지 광장 옆 건물을 지으려 땅을 파다보니 피라미드뿐만 아니라 여러가지 유적들의 잔해들이 허물어진 채 발견되어 지금은 보호 중이라고 한다.

1970년 소깔로 광장 땅속에서 발견된 '태양의 돌'은 아즈텍 문명이 남긴 최고의 보물이다. 태양의 돌은 아즈텍의 문명이 얼마나 위대한 것이었는지를 보여 준다. 무게가 무려 24톤이나 되고 직경이 3.6m나 되는 거대한 이 돌에는 5개의 태양을 상징하는 그림이 있다. 가운데 제 5의 태양 주변에는 4개의 태양이 새겨져 있으며, 주위에는 상징과 기호들로 빼곡히 새겨져 있다. 이것을 통해 아즈텍 사람들의 우주관을 추측할 수 있게 해 준다. 제5의 태양은 가장 신성한 상태를 의미하는 것이라고 한다. 이 태양의 돌은 멕시코를 상징하는 문양이 되어 세계인의 목에 거는 장신구로 멕시코 문명의 위대함을 전하고 있다.

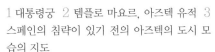

Photo review

1 대통령궁 2 템플로 마요르, 아즈텍 유적 3 스페인의 침략이 있기 전의 아즈텍의 도시 모습의 지도

14. 혼곤한 꿈, 부에노스아이레스로 가는 길

- 아르헨티나 | 부에노스아이레스 -

where is
부에노스아이레스는 아르헨티나의 수도로 세계적인 항구도시다. 또한 남아메리카 최대의 도시로 많은 공업과 무역업이 발달했다.

부에노스아이레스

부에노스아이레스로 가는 아침은 상쾌하다. 이 도시의 이름은 언제부터인지 마음에 오래도록 머물러 있었다.

안개처럼 봄꿈처럼 혼곤하게.

그런 곳을 지금 내가 가고 있는 것이다. 지난밤 비가 지나가서인지 녹색 풍경이 마음을 한결 여유롭게 한다.

에사이사 공항에서 시내로 들어가는 도로에서 바라보니, 잔디와 숲과 키 큰 나무들로 한껏 푸르러 마음도 푸르게 물이 드는 것 같다. 이렇게 다가오는 첫인상 덕분에 사랑에 빠질 듯한 강한 유혹을 받는다. 아마도 내 마음의 풍경에 따라 보고 싶은 것만 보이는 것이리라.

라틴아메리카의 몇 나라를 거쳐보니 같은 듯 다른 모습들이 흥미롭다. 공항의 입국 절차에서부터 라틴아메리카의 다른 나라보다는 세련된 문명 냄새가 풍겨오는 것이 오랜만에 맛보는 우리 음식처럼 맛깔스럽다. 불편함에 시달렸던 탓일 게다.

가로수 그늘이 반가운 거리를 지나 한국 음식점에 도착한다. 며칠 지나지 않았는데 말도 얼굴도 음식도 낯익은 것을 만나는 것이 한껏 행복하다. 그런데 내가 느끼는 마음과 이곳에 오래 머물며 살고 있는 사람들과의 거리는, 이곳과 고국과의 거리만큼 차이가 나 보인다. 그게 바로 떠난 자와 남은 자 사이에 있는 마음의 거리인가 보다.

무엇이 저들을 이 먼 곳에 정착하게 만들었을까? 식욕이 동하는데도 불구하고 오늘 부에노스아이레스에서 처음 만난 하선생과 식당 사장님의 면면을 익히느라 잠시 입맛이 돌아오질 않는다. 사람들로부터 받은 마음의 상처가 만만치 않은지, 좀처럼 표정을 푸근히 풀지 않는다.

우리가 그저 처리해야 하는 하나의 일거리에 지나지 않는다는 느낌이 다가와 못내 아쉽다. 냉소적인 이미지가 따가운 햇살 속에서도 서늘하다. 하지만 그들에게 보여질 우리 모습은 어떤 것일지 잠시 생각해본다.

조금 전의 아쉬움이 오히려, '이렇게 성공하고 사는 모습에 감사해야 한다'는 마음으로 바뀐다. 그들도 인연의 고리를 깨닫게 된다면, 좀 더 행복한 마음으로 얼굴을 마주할 수 있을 텐데, 아쉽다. 잠시 비켜 서 있던 마음을 제자리로 돌린다. 결국 이렇게 쓸데없이 마음을 내는 것이 또 나의 현주소이니 이 마음의 '걸림'들이 사라지는 날이 언제일꼬!

부에노스아이레스 거리를 본다. 가로수에 핀 하카란다 보랏빛 꽃잎이 Don 't cry for me Argentina!를 외치던 아르헨티나 민중의 꽃 에바 페론(대통령 후안페론의 두 번째 부인으로 노동자들과 서민들을 위해 활동했으며, 아르헨티나 포퓰리즘의 대표적 인물이다. 애칭인 에비타Evita로 많이 알려져 있다.)의 목에 두른 긴 스카프가 되어 흩날리는 것 같다.

도심의 높은 빌딩들은 그녀의 욕망이 아직도 남아 꽃송이처럼 막 피어나는 듯, 높고 세련되고 위풍당당하다. 순간 이곳에 살고 싶은 강한 유혹을 느낀다. 가난했던 시절을 뒤로 하고 권력의 핵심부에 오른 뒤에도, 끝없이 갈급했던 에비타의 욕망을 닮고 싶은 것일까. 그녀의 욕망을, 오늘 나는 활력과 열정이라고 말하고 싶어진다.

싼텔모 거리, 도레고 광장엔 햇빛도 화려하게 분주하다. 여기가 아르헨티나인가 싶을 정도로 파리를 닮았다. 라틴아메리카의 파리라는 말이 피부로 온다. 골목마다 팬터마임이나 퍼포먼스를 하는 사람들이 갖가지 아이디어로 여행자들의 시선을 붙잡는다.

일요일이면 으레 골동품 장이 선다는 이 거리에, 마침 장이 서는 날이라 더욱 분주하다. 몽마르트 언덕에 즐비한 화가들

Photo review

1 싼텔모 거리의 행위 예술가 2 노익장들의 거리 탱고 공연 3 싼텔모 거리의 벼
룩시장 모습, 일요일에만 열린다고 한다

탱고를 추는사람들

처럼 이곳엔 퍼포먼스와 팬터마임을 하는 예술가들이 이 거리를 촘촘히 화폭으로 만들고 있다.

탱고의 도시답다. 젊어 한때 화려한 스테이지에서 연주하던 실력의 노익장들은 기타와 반도네온을 들고 나와, 그 아슴한 추억을 햇빛 가득한 이 거리에 유화로 풀어 놓고 있다. 근사하다. 한바탕 춤을 추고 싶도록 음악은 애절하게 또는 끈끈하게 감아 돈다. 파리지엔느가 아닌 알헨지엔느가 되어 부에노스아이레스의 그늘에 내 그림자를 포갠다.

노천카페에 앉아 차를 마시며 지나가는 나그네들을 바라본다. 사람의 표정을 읽는 일도 여행의 큰 수확이다. 이번 여행에 들고 온 내가 넘어야 할 가장 엄숙한 과제인 분별심의 한계 상황이다.

찬란한 햇빛 속에서 이상하게 한기가 느껴진다. 저 많은 분주한, 또는 한가로운, 아니 여유로운 사람들 틈에서 왜 고독이라는 샘이 출렁거리는 것인지 마음을 들여다본다. 팬터마임을 하는 사람들이며 퍼포먼스로 돈을 요구 하는 사람들은 예술을 위해서일까, 돈을 위해서일까. 굳이 따져 물을 필요도 없는 것들을 나는 세고 있다.

어딜 가도 탱고 가락이 넘친다. 원초적으로 오는 고독, 비애가 탱고 속에서 허우적거린다. 이 분위기였나, 나를 이토록 가라앉게 하는 것이?

번다한 거리 속에 멋진 성처럼 레골레따 공동묘지가 있다. 마치 조각공원 같은 묘지를 사람들은 휴식공간으로 찾기도 한다. 서울의 강남 땅값처럼 비싸서 귀족이나 부호가 아니면 웬만해선 묻힐 수가 없는 곳이란다.

인간에게 가장 가깝고도 먼 죽음을 이처럼 어마어마한 비용을 들여 가꾸고 있는 이 문화가 낯설지만은 않다. 죽음을 미화하고 싶은 것은, 이집트의 파라오들이나 진시황이나 지금이나 다 마찬가지인 모양이다.

섬뜩하게 고양이들이 떼를 지어 다닌다. 한여름이면 시체 썩는 냄새가 담장을 넘나든다는데 부에노스아이레스의 시민들은 그 냄새를 어찌 참을까. 마주한 고양이와 눈빛이 마주치자 온몸이 스멀거린다.

특별할 것 없는 한 무덤 앞에 하얀 꽃다발이 수북하다. 에바 페론! 그녀의 무덤에는 365일 이렇게 꽃이 떨어지는 날이 없다고 한다. 가난은 어느 나라에서나 희망을 담보한 적금통장처럼 날마다 확인하지 않으면 안 되는 것인지도 모른다. 그녀는 가난한 이들에게 아직도 희망인 듯하다. 가진 자와 못 가진 자의 거리를 물리적으로 잰다는 것은 의미가 없다.

지금도 아르헨티나에서 울려 퍼지는 'Don't cry for me

Argentina' 노래는, 부에노스아이
레스 오월의 광장에 서 있는 오벨리
스크처럼 가난하고 힘없는 사람들
마음의 높이에 함께 머물고 있다.

'극빈자들에게는 우상이요, 부자
들의 창녀'라는 악평을 동시에 받
고 있는 그녀, 극한 대립의 찬반 양
론이 아직도 설왕설래하지만, 그녀
가 민중을 향해 던진 말은 참으로
'귀여운 에비타'라는 애칭을 받을
만하다.

그녀는 "영부인이나 정치가가 아
닌 '가난한 에비타'로 아르헨티나
역사에 기록되는 것이 유일한 꿈이
며 야망이다"라고 말했다 하니 아
직도 많은 사람들에게 잊혀지지 않
는 여인이 되는 이유가 여기 있는
것은 아닐까.

부에노스 아이레스 5월의 광장에
서 바라보는 정면 붉은 벽돌의 대통

에바 페론의 무덤에는 365일
꽃이 떨어지지 않는다

137

령 궁(핑크 하우스) 발코니가 아직도 그를 기억하는 많은 사람들에겐 꿈처럼 곱다. 푸름 가득한 가로수 그늘 밑으로, 과거 5대 부국에 들던 아르헨티나의 자존심처럼 오벨리스크가 더욱 높아 보인다. 팜파스, 저 드넓은 푸른 초원 위에 가우초(목동)의 전설이 살아있는 한 대평원의 기적은 다시 살아날 것이다.

팔레르모 공원에 은하계를 상징한 돔이 햇볕에 유난히 빛난다. 이 나라가 저렇게 빛나기를 바라는 마음이 모인 것일 게다. 이미 이 나라는 활짝 피어나려는 꽃봉오리 자세를 하고 있는 듯한 느낌이 든다. 넓은 공원, 잘 가꾸어진 잔디밭, 도심의 위풍당당한 건물들이 더 없이 여유롭게 보인다. 물론 당당해 뵈는 이 도시 곳곳에 힘들고 지친이가 있겠지만, 이 나라의 저력이 만만치 않다는 것이 느껴진다.

땅 넓이는 남, 북한 합친 땅의 13배이며 인구는 겨우 4천만이 넘는다. 시인이자 소설가이며 에세이스트인 보르헤스 같은 대문호와 유반끼 같은 시인, 예술가들을 배출한 튼튼한 문화가 바로 이 나라의 저력일 것이다.

보르헤스는 20대 청년시절부터 부에노스아이레스를 미학적으로 승화시키겠다는 포부를 밝혔을 만큼 문학에 대한 열정 그 자체였던 사람이었다. 그는 시력을 잃은 후에 세상을 더 정확히 읽어갈 수 있었다고 했다. 열렬히 부처님 세계를 간파하고 있었으므로, 그가 세상의 본질에 대해 천착하게 된 것 또한 부처님과의 인연이었을 것이라고 생각된다. 동양과는 한참이나 먼 거리에서 부처님은 그에게 어떻게 다가가셨을까. 전생 인연에 그는 선사이셨으리라 짐작 해본다.

오월의 광장을 조금 벗어난 거리에서 보르헤스가 젊어서부터 드나들었다는 카페 또르또니를 만난다. 그가 드나들던 그곳의 문설주라도 만져봤으면 싶다. 갈 수 없는 곳에 대한 애착에 투정을 해본다.

카페 또르또니 위층엔 지금도 국립 탱고학교가 있다. 보르헤스만이 아니라 부에노스아이레스의 숱한 지식인들과 예술가들이 드나들었다고 한다. 전설의 탱고 가수 까를로스 가르델과 스페인 국왕 그리고 힐러리 클린턴도 왔었다는 또르또니 카페, 이곳은 지금 문화유적지로 지정되어 있다.

선명하게 남아 아쉬움을 달래주는 이곳은 1858년부터 카페 역사를 만들기 시작했다고 한다. 오월로 거리의 카페 또르또니에서 탱고와 보르헤스의 체취를 맛보고 갈 수 없는 것이 안타깝다.

어느 나라에서나 쉽게 볼 수 없는, 세계에서 손가락 안에 꼽히는 넓은 도로 '7월9일로路 누에베 데 훌리오' Nueve de julio는 140m 넓이에 1km나 되는 18차선 도로이다. 한마디로 시원하다. 부국이었을 때의 아르헨티나가 눈에 선하다.

스페인풍의 멋진 건물인 아르헨티나 예술의 전당 '꼴론 극장Teatro Colon'은 요요마가 첼로 연주를 한 적이 있는 곳이다. 요요마는 탱고의 고장에 와서 탱고의 격을 한층 더 높여 주고 갔다고 한다. 지는 햇살을 받고 있는 건물이 더 없이 우아해 보인다. 피아졸라의 '0시의 부에노스아이레스'는 어떻게 연주했을지 마냥 궁금해진다.

그러나 무엇 때문일까. 사랑에 빠질지도 모르겠다는 첫 마음의 열기가 점점 식어가고 있었다. 부에노스아이레스의 거리

아트센터. 이곳에서 탱고에 대해 보수적이었던 부에노스아이레스 사람들에게 첼리스트 요요마는 탱고 연주회를 열었다고 한다

140

에서 혼돈에 젖는다. 빼어나게 옷차림을 한 사람 앞에 서면 왠지 불편한 마음 같은 것일까? 이 도시가 주는 인상이 내게 점점 그렇게 다가온다. 이 마음은 또 무엇인고! 다만 초록이 지천인 거리에서 '그리운 사람을 그리워하자'라는 노래가 입가에 맴돌 뿐이다.

떠나오기 전 서울에서부터, 이곳에 살고 있는 얼굴도 모르는 인연을 만난다는 설렘을 나는 갖고 있었다. 새벽 공항에 내려서부터 내내 통화를 시도했지만 연결이 되지 않았다. 분명 날짜까지 알려 주었는데, 인연이 이것밖엔 안 되는 것일까. 포기하기 전에 한번 더 연락을 해봐야 할까. 한밤중이 되어 드디어 연결이 되었다.

어렵게 만나는 인연이라 더 반갑다. 멀리 떠나와서도 진리를 놓지 않고 살고 있다는 것이 더 없이 감사하다. 그에게 무엇을 주면 반가워할까 고민하며 가져간 것들을 전하는 마음이 흐뭇하다. 그녀의 얼굴도 반가움에 환하다.

처음 만나서도 이렇듯 애틋함이 남는다. 뒤돌아서려니 가슴이 먹먹해 온다. 깃발처럼 서 있는 그녀를 두고 나는 바람처럼 떠난다. 왠지 자꾸 눈물이 난다. 마음의 거리를 새삼 헤아려 본다. 마음의 법륜을 굴린다. 찰나와 영겁을 함께 돌린다.

15. 관능, 그 깊은 외로움의 탱고

- 아르헨티나 | 보카 까미니또 거리 -

where is

카미또Caminito 거리의 집들. 이 거리는 베니또 킨케라 마르틴이라는 사람이 허름하고 볼품없는 집들을 마치 동화 속 집처럼 강렬하고 아름다운 색으로 채색하면서부터 유명해졌다.

탱고는 가을이다. 나는 그 남자들을 가을에 만났다. 아스트로 피아졸라Astor Pantaleon Piazzolla, 기돈 크레머Gidon Kremer, 요요마馬友友, YoYoMa.

피아졸라의 탱고와 기돈 크레머의 바이올린과 요요마의 첼로로 엮는 탱고는 가을빛을 닮았다. 가을은 외로움이다.

찔레꽃 향기가 슬프다는 어느 소리꾼의 노래가 아니어도 진하게 풍기는 그 향내는 어린 가슴에 이상하게도 외로움처럼 느껴졌었다. 그 향내를 닮은 냄새가 언니 또래 스무 살 처녀에게서 훅 끼쳐 올 때, 나는 그녀가 누군가를 그리워하는 것 같아서 열심히 바라보곤 했던 기억이 난다. 이것은 어린 나만의 은밀한 고민이기도 했었다.

스무 살 즈음, 탱고는 그렇듯 찔레꽃 향내 같기도 하고 분냄새 같기도 한 화냥기를 풍기며 내게 다가왔다. 아마 그땐 아르헨티나에서도 그러지 않았을까 싶다. 아니, 그랬었다. 밤무대에서만 환영받는 음악이라며 천시했다고 한다. 아스트로 피아졸라, 그 남자가 있기 전까지는 말이다.

아스트로 피아졸라, 그는 아르헨티나를 또 한 번 격조 있게 만든 사람이다. 최고의 아티스트인 그가 작곡한 탱고는 천박하다고 여겨졌던 탱고에 관한 기존 인식을 뒤집어 놓았다.

낙엽이 어둠과 어깨를 나란히 하고 거리 위에 누울 때 나의 거실엔 탱고가 흐른다. 오블리비온oblivion(피아졸라의 탱고 곡), 망각의 바다가 그의 손끝을 떠나 흘러가며 '쏠리드solid(고독)'를 남긴다. 그의 탱고는 자유와 열정 이전에 비감과 갈증을 쓰다듬으면서 낙엽처럼 떠난다.

남녀가 부둥켜안고 관능의 늪을 허우적대는 듯한 탱고의 표정이, 화려하고 섹슈얼하다는 표현을 나는 거부해야 할 것 같았다. 피아졸라의 오블리비온oblivion을 만난 이후 더더욱 그랬다.

구름 한 점 없는 파란 하늘에 유난히 맑은 햇빛과 어우러져 거침없고 도발적인 거리의 원색들이 포옹하고 싶은 충동을 일으키는 아르헨티나의 보카. 빨강, 파랑, 노랑, 초록 빛깔 옷을 입은 건물들이 피에로 같기도 한 보카의 까미니또 거리에서 일상의 탱고를 만난다.

보카의 어느 골목에서나 섹슈얼한 차림의 여자와 머리가 날아갈 듯이 기름을 발라넘긴 말쑥한 정장 차림의 눈썹 짙은 남자가 음악에 맞춰 흐른다. 모자에 돈을 넣기만 하면 그 자리에서 가장 섹시한 연기로 답례를 한다.

가만히 탱고를 듣는다. 반도네온에서 흐르는 음색은 오래 전 라폴라 강 부둣가에 불던 그 쓸쓸하고 허허로운 바람과 닮았다. 이탈리아, 스페인 등지에서 이민 온 노동자들의 서러움과 고통, 그리움, 애환을 삭이며 라폴라 강가에서 태어난 가장 서민적인 춤, 탱고.

탱고의 관능은 또 다른 얼굴을 갖고 있다. 그것은 깊은 외로움이다. 주체할 수 없는 외로움이 엄습할 때 누군들 이길 장사가 있겠는가. 저 밑바닥에서부터 올라오는 고독을 이기는 길은 본능을 발산할 때 비로소 위로를 받는다.

카미니또Caminito 거리의 집들

탱고는 그런 애환 속에 긴 세월을 지나며 격을 갖추게 되었고, 이제는 의젓한 예술로 자리 잡게 되었다. 그런 그들이 손짓을 한다. 잠깐 동안 탱고를 가르쳐 주며 같이 추자고 한다. 아, 시간이 없다. 망설이다 돌아섰다. 그리고 곧 후회한다. 해볼 것을….

미련을 남겨두고 보카, 그 원색의 거리에서 피에로처럼 뒤뚱거려본다. 거리의 화가들이 그려 놓은 그림에 탱고가 화려하다. 한 점 사려는데 또 시간이 없다. 오늘밤 탱고 공연을 보려면 서둘러야 한단다. 가장 관능적인 탱고 음반 하나만 달랑 샀다. 보카는 내게 미련만 쌓게 만드는 거리인가 보다. '탱고와 포옹을 했어야만 했어!' 미련을 그림자로 남긴다.

탱고 공연

8시에 공연장에 입장해야 한단다. 탱고처럼 우아하게, 탱고처럼 섹시하게, 탱고처럼 외롭게, 그렇게 파티에 갈 수는 없을까? 본 고장에서 보는 탱고의 진수는 어떨까. 서울 예술의 전당에서 본 세계적인 무희들의 탱고와는 무엇이 다를까. 공연장에 가기 전까지 갖가지 입담을 늘어놓아 본다. 자못 궁금하다.

촛불이 켜진 극장식 홀에는 꽉 찬 관객들이 저녁을 먹으며 공연을 기다리고 있다. 피아노와 바이올린, 반도네온, 콘트라베이스 등 연주자들이 음악을 연주하자 무희들이 짝을 지어 등장한다. 관능보다는 그들의 동작에 눈길이 간다. 빠른 동작이 다이내믹하다.

짧은 다리가 눈에 거슬린다. 서울에서 본 세계적인 무희들의 안무가 더 훌륭하다는 생각이 든다. 하지만 이 혼곤한 도시 부에노스아이레스에 와서 보는 탱고라서 실은 더 황홀하다. 피아노가 좋고, 반도네온이 좋고, 어깨 든든한 남자의 목소리를 닮은 콘트라베이스가 좋고, 또 좋다.

황홀한 탱고의 표정, 황홀한 탱고의 몸짓, 황홀한 탱고의 운율이 순연히 내게로 와서 그 밤, 난 그냥 탱고가 되었다.

깊·은·외·로·움·이·되·었·다.

엘 탱고

보르헤스

다 어디로 갔는가? 엘리지(애가) 묻는다.

이미 사라진 사람들에 대해.

마치 어제가 오늘이 될 수 있고,

'벌써' 가 '아직' 이 될 수 있는 지역이 있기라도 하듯이.

어디로 갔는가? (다시 묻는다.)

칼과 기백의 범죄조직이

흙먼지 자욱한 골목길이나

퇴락한 마을에서 하던 그 도둑질도

어디로 갔는가? 에피소드를 서사시에,

풍문을 시간에 맡기고 가버린 사람들.

증오나 이익 추구나 사랑의 열정도 없이

칼부림을 벌이던 그들은?

나는 그들을 찾는다. 코랄레스 형제나

발베네라 같은 용기 있는 빈민들에 대한 이야기를.

바랜 장미처럼 간직하고 있는 전설이나
잿더미 속 최후의 숯불 속에서.

어느 어두운 골목길 혹은 저 세상의
황무지 그 어느 곳에 머물고 있느냐?
어두운 그림자였던 칼잡이들의 딱딱한 그림자,
'무라냐' 라고 불리던, 팔레르모의 그 칼은?

그 비운의 이베라는?
(성인들이시여, 그를 용서하소서)
어느 철길 위 다리에서 자기보다
더 많은 사람을 죽인 동생 냐또를 죽임으로써
타이 기록을 세운 그 사나이는?
비수의 전설은 망각 속에서
천천히 바래져만 간다.
영웅의 노래는
천박한 탐정기사 속에 버려졌다.

또 다른 숯불덩이가 있다. 그들을 속에

통째로 간직한 잿더미의 또 다른 달아오른 장미가 있다.

저기 호방한 칼잡이들이 있다.

그리고 침묵하는 비수의 무거움.

비록 잔혹한 비수, 혹은 시간이라는

또 다른 비수가 그들을 진흙 속에 묻어버렸지만,

오늘 시간과 불길한 죽음 너머로

그 죽은 자들은 탱고 속에서 살고 있다.

음악 속에,

행복한 밀롱가 노래를 부르는

피곤하고 완고한 기타줄 위에

축제와 용기의 순수성이 있다.

말과 사자가 끄는

노란색 바퀴가 빈 구멍 속에서 돌고 있다.

아롤라스와 그레코의 탱고의 메아리를 나는 듣는다.
나는 그들이 길거리에서 춤추는 것을 보았다.

오늘 외롭게 드러난 한 순간, 이전에도 그리고
이후에도 없을 그 순간 속에서, 망각에 저항하여
나는 잃어버림의, 잃어버림과 되살려냄의 맛을 내는
그 미묘한 순간 속에서 그들이 춤추는 것을 보았다.

화음 속에는 오래된 것들이 있다:
또 다른 정원과 이야기의 덩굴.
(질투하는 벽들 뒤로
남쪽은 칼과 기타를 감춘다.)

그 섬광, 탱고, 그 난장은
바쁜 해年들에 도전한다.
먼지와 시간으로 이루어진 인간은
가벼운 멜로디보다 더 짧게 지속된다.

그는 단지 시간이다. 탱고는, 비사실적이지만
어떤 면으로는 사실인, 어두운 과거를 창조한다.
어느 교외 한 귀퉁이에서 싸우면서 죽어간
그 사람에 대한 불가능한 기억을.

카페 또르또니

   햇살이 눈부신 부에노스아이레스의 중심, 마요Plaza de Mayo 광장의 한가로움 속에 비둘기들이 여기저기서 날아들어 휴식을 즐기고 있는 사람들과 교감하는 곳. 선선한 바람을 등 뒤로 하고 마요 거리를 걷다보면 Mayo 825번지(5월로)에 카페 또르또니가 있다.

   오월로를 지나가는 관광객들이 문 앞에서 한껏 포즈를 취한다. 건물 앞을 버티고 있는 나무가 1858년에 문을 연 이곳의 신장神將인양 푸른 녹음을 풀어내고 있다. 카페 또르또니Cafe Tortoni에 들어서면 과거가 지금 나와 함께 있음을 본다.

카페 또르또니

그 시간성에 숙연해진다. 아슴한 어둠에 익숙해지고 나면 벽에 걸린 흉상들과 그림 스케치, 장식들이 시간을 거슬러 내 삶에도 스며든다. 지난 날 부에노스아이레스의 문학과 예술이 얼마나 큰 열정으로 숨 쉬었는지 느낄 수 있다. 지금도 보르헤스나 가르델이 옆자리에 앉아 있는 것 같은 착각을 하게 된다.

그 숨결 그대로, 천장의 스테인드글라스와 샹들리에가 옛날의 화려함을 보여준다. 샹들리에들은 수작업으로 만든 것으로 세 개의 동심원으로 된 독특한 모양으로 아직도 꿋꿋하게 매달려 있다.

지금은 문화유적지로 지정되어 부에노스아이레스의 살아 있는 역사가 되었지만, 한 때 수많은 지식인과 예술가가 거쳐 갔으며 엘리트들이 사교활동을 하던 곳이라는 이유로 카페 또르또니는 오랜 동안 탱고를 받아들이지 않았었다. 까페 또르또니뿐만 아니라, 오월로에 있는 모든 카페들이 아르헨티나 대표 브랜드가 된 탱고를 무시했었다.

탱고가 천박한 곳에서 태동했다고 생각하며, 가톨릭에 바탕을 둔 아르헨티나의 전통적 가치관이 남녀의 신체가 어우러지는 춤을 비도덕적이라 여겨 탱고를 받아들이려 하지 않았던 것이다.

그러나 관광객이 많이 스쳐가는 산텔모San Telmo 지역의 탱고 공연 카페와는 달리, 이제는 고전풍의 탱고 음악을 들을 수 있는 곳이 이 카페 또르또니가 되었다. 전통 탱고를 보존하는 곳이 된 것이다. 어둠이 짙게 깔릴 무렵 이곳에서 탱고의 과거를 만날 수 있다는 것은 아르헨티나만이 갖고 있는 짙은 매력이다.

— 부에노스아이레스에 사는 친구, 병희의 편지 중에서

16. 누에바 깐시온 '생에 감사해'

- 아르헨티나 | 메르세데스 소사를 만나다 -

who is ___
메르세데스 소사는 아르헨티나의 '고난받는 민중의 어머니'라 불리며 군사 정부의
탄압에 맞서 민주주의를 노래했다.

　누에바 깐시온Nueva Cancion, '새로운 노래'라는 뜻으로 중남미의 문화운동
이자 혁명운동이라 할 수 있다. 아르헨티나의 시인이자 음악인인 '아따우알빠
유빤끼'가 1940년대부터 미제국주의의 천박한 상업음악에 대항해 민속음악을
전문적으로 수집하고 연구하면서 시작됐다. 이같은 흐름은 1959년 쿠바 혁명
과 1970년 칠레의 선거 승리 분위기를 타고 라틴 아메리카 전역에 퍼져나갔
다. 즉, 상업주의에 반대하고 사회현실에 적극적인 관심을 표명한 라틴 아메리
카의 노래 운동이다.

　"생에 감사해. 내게 많은 걸 주었어. 내게 준 두 개의 샛별
로, 활짝 열린 귀로, 소리와 글자로, 두 발을 주어 걸을 수 있
게 해 주었고, 심장을 주었지. 그게 막 뛰어. 웃음도 주고, 눈
물도 주었어."
　그렇다. 생은 이래서 눈물이 나도록 고마운 거다. 아르헨티
나의 희망이었던 그녀 메르세데스 소사Mercedes Sosa는 이 노

래로 많은 사람들이 생을 고마워하도록 해주었다. 아르헨티나의 민중 가수 소사의 '생에 감사해' 노래를 들었을 때, 갑자기 나는 다른 별에 살고 있었다는 생각이 들었다. 감사할 일이 이렇게 많았는데도 불구하고, 심장이 차가웠었다니……

그런 때가 있었다. 마음이 너무 시려 감사하기는커녕, 생이 너무 무거워 내려놓고 싶었던 적도 있었다. 꽃 피는 것조차 우울하게 보였고, 생의 의미는 더욱 하찮아지기도 했었다.

그러나 모든 것이 마음 안에서 일어나는 일임을 알았을 때, 놀랍게도 어떤 것도 하찮은 것은 없었으며, 모든 것이 다 감사했다.

이 노래는 칠레 시인, 비올레따 빠라의 시에 곡을 붙인 것이다. 비올레따 빠라가 마음 안에 길이 있음을 알았다면, 그랬다면 그녀가 스스로 목숨을 버리는 일은 하지 않을 수도 있었을 텐데. 아픈 사랑, 아픈 현실을 이렇게 역설하면서 그녀는 자신을 극복하지 못했었던 듯하다.

빠라는 칠레의 저명한 지식인 집안 출신이었다. 오빠는 칠레의 유명한 시인으로, 멕시코의 옥따비오 빠스, 니카라과의 에르네스토 카르데날과 함께 1970~80년대를 대표하는 라틴아메리카 시인이었다.

라틴아메리카에는 저명한 문인, 아티스트들이 많다. 보르헤스, 네루다, 가브리엘 G. 마르케스, 유방끼, 메르세데스 소사, 빅토르 하라, 유방끼 등…. 내가 접한 문학과 음악, 그리고 노벨문학상을 거머쥔 걸출한 이들이 나고 자란 토양은, 자유의 억압과 영혼의 결핍이 쌓인 귀한 결과물이다.

어느 나라인들 어렵고 힘든 세월이 없었을까만 메르데스 소사의 노래는 혹독한 군부통치와 독재를 경험했던 세계인들을 매혹시켰다. 우리나라라고 예외는 아니었다. 그녀가 등장했을 때 세계의 많은 예술인들은 대중 음악계의 위대한 사건이라고 찬사를 보내었다.

군부독재로 암울했던 아르헨티나에서 인간애가 넘치는 그녀의 노래는, 그 나라뿐만이 아니라 비슷한 고통을 겪고 있는 대부분의 라틴아메리카 대중들에게 희망의 찬가였다. 김민기의 '아침 이슬' 같다고나 할까?

그녀는 요주의 인물로 찍혀 비밀경찰이 따라다니고 언제 실종될지도 모르는 상황에서, 노래를 하기 위해 무대에 오를 때는 매순간 죽음의 공포를 느껴야 했다.

정치적이고 진지한 내용을 말하면서도 예술성 또한 뛰어난 노랫말이 담긴 라틴아메리카 누에바 깐시온의 노래들로는 '생에 감사해Gracias la vida', 유방끼의 '기타여 네가 말해다오 Guitara di melo tu', 빅토르 에레디아의 '살아가는 이유Razon de viva' 등이 있다.

소사는 누에바 깐시온의 중심에 서 있는 가수였다. 그리고 그녀의 노래는 있는 그대로 삶의 현실을 바라보게 하는 힘을 갖고 있었다. 사람들은 그녀의 노래가 저항의 노래이기보다 '현실 속에 실재하는 것에 대해 정직해지고자 하는 노래'였다고 말한다.

그녀의 호소력 넘치는 노래를 듣다보면 가슴이 저려온다. 우리네처럼 까만 머리에 전형적인 인디오 얼굴, 전통의상인 검은 판초를 입고 있는 소박한 그녀를 향해 사람들은 존경의 박수를 쳤다.

비올레타 빠라의 시 '생에 감사해'는 소사를 통해 빠라의 죽음 앞에 헌정된 노래였다. 이 노래를 유언으로 만든 빠라 자신은 이렇게 생을 감사해 하면서도 스스로 목숨을 끊은 것이다.

아르헨티나와 칠레의 하늘 아래 서서, 절절하게 와 닿는 이 노래의 주인공인 두 사람의 생에 감사한다. 울림이 깊게 퍼지는 소사의 절창을 들으며, 부에노스아이레스의 풍경은 노래처럼 흘러간다. 현실의 실체도 다 그렇게 흘러가는 것이며, 시간은 또 그렇게 묻혀가는 것이며, 변하지 않는 것은 아무것도 없다. 그녀의 노래를 언젠가는 눈을 감고 명상음악으로 듣게 되는 때가 올 지도 모르겠다.

GRACIAS A LA VIDA

생에 감사해

GRACIAS A LA VIDA QUE ME HA DADO TANTO

ME DIO DOS LUCEROS QUE CUANDO LOS ABRO

PERFECTO DISTINGO LO NEGRO DEL BLANCO

Y EN EL ALTO CIELO SU FONDO ESTRELLADO

Y EN LAS MULTITUDES EL HOMBRE QUE YO AMO

생에 감사해 내게 많은 걸 주었어

내게 준 두 개의 샛별로는

잘 가려내지 검은 것과 흰 것을

높은 하늘에 박힌 촘촘한 별들을

그리고 군중 속에서 내 사랑하는 그이를

GRACIAS A LA VIDA QUE ME HA DADO TANTO

ME HA DADO EL OIDO QUE EN TODO SU ANCHO

GRABA NOCHE Y DIA GRILLOS Y CANARIOS

MARTILLOS, TURBINAS, LADRILLOS, CHUBASCOS

Y LA VOZ TAN TIERNA DE MI BIEN AMADO

생에 감사해 내게 많은 걸 주었어

메르세데스 소사

활짝 열린 귀를 주었어

밤낮으로 듣지 귀뚜라미 소리, 카나리아 소리

망치소리, 물레방아 소리, 공사장 소리, 소낙비 소리

그리고 내 사랑하는 그이의 부드러운 목소리를

GRACIAS A LA VIDA QUE ME HA DADO TANTO

ME HA DADO EL SONIDO Y EL ABECEDARIO

CON EL LAS PALABRAS QUE PIENSO Y DECLARO

MADRE, AMIGO Y HERMANO Y LUZ ALUMBRANDO

LA RUTA DEL ALMA DEL QUE ESTOY AMANDO

생에 감사해 내게 많은 걸 주었어

소리와 글자를 주었지

그것으로 난 낱말을 생각하고 발음하지

어머니, 친구, 오빠, 그리고 찬란한 빛

그리고 내가 사랑하는 그이 영혼의 길을

GRACIAS A LA VIDA QUE ME HA DADO TANTO

ME HA DADO LA MARCHA DE MIS PIES CANSADOS

CON ELLOS ANDUVE CIUDADES Y CHARCOS

PLAYAS Y DESIERTOS, MONTAN~AS Y LLANOS

163

Y LA CASA TUYA, TU CALLE Y TU PATI

생에 감사해 내게 많은 걸 주었어

두 발을 주어 걸을 수 있게 해주었어

난 도시들과 늪지들을 걸어 다녔어

해변과 사막을, 산과 벌판을

그리고 너의 집, 네가 사는 거리, 또한 너의 정원을

GRACIAS A LA VIDA QUE ME HA DADO TANTO

ME DIO CORAZON QUE AGITA SU MARCO

CUANDO MIRO EL FRUTO DEL CEREBRO HUMANO

CUANDO MIRO EL BUENO TAN LEJOS DEL MALO

CUANDO MIRO EL FONDO DE TUS OJOS CLAROS

생에 감사해 내게 많은 걸 주었거든

심장을 주었지, 그게 막 뛰어

인간의 머리에서 나온 고결한 작품을 볼 때

나쁜 사람들 멀리 착한 사람을 발견할 때

그리고 너의 맑은 눈 깊숙한 곳을 바라볼 때

GRACIAS A LA VIDA QUE HA DADO TANTO

ME HA DADO LA RISA, ME HA DADO EL LLANTO

ASI YO DISTINGO DICHA DEL QUEBRANTO

LOS DOS MATERIALES QUE FORMAN MI CANTO

Y EL CANTO DE USTEDES QUE ES EL MISMO CANTO

EL CANTO DE TODOS QUE ES MI PROPIO CANTO

GRACIAS A LA VIDA, GRACIAS A LA VIDA

생에 감사해 내게 많은 걸 주었어

웃음도 주고, 눈물도 주었어

그래, 난 기쁨과 슬픔을 구별해내지

그것들은 내 노래의 두 재료야

그 노래는 또한 여러분의 노래

모두의 노래는 또한 나의 노래

생아, 고마워, 생에 감사해

– 김홍근 역

17. 악마의 목구멍, 이과수

- 아르헨티나 | 이과수 폭포 가는 길 -

where is

이과수 폭포는 아르헨티나와 브라질 국경에 위치한 장대한 폭포다.

이과수 폭포

우렁우렁우렁… 내가 앉아 있는 여기까지, 지금도 흔들리는, 지구를 갈라놓을 수도 있을 것 같은 소리. 큰 물(이과수/인디언 말)의 위엄은 자연의 장엄함을 넘어 무색계*로 들어가는 지구의 블랙홀 같다. 내게 있는 오필리아 콤플렉스**가 발끝으로부터 옴찔옴찔 전해져 온다. 난간을 꼭 부여잡는다.

가끔 사람들이 저 블랙홀로 빠져 들어가는 사고가 있다고 귀띔해주던 가이드의 말이 귓전에서 맴돈다. 안개비와 함께 물안개로 떨어지는 미립자의 물방울 때문에 차라리 눈을 감고 소리만으로 악마의 목구멍을 상상한다.

큰북소리의 저력과 수자폰과 콘트라베이스의 묵묵함과, 달에서 불어오는 바람소리 같은 대금과 지축의 나이테를 건드릴 것 같은 여음의 징소리, 모든 소리들이 그곳에 모여 있다. 소리에 젖다 비에 젖고, 비에 젖다 소리에 젖고, 소리만 남으니 소리가 보인다. 흔들림이 보인다.

부에노스아이레스와의 이별은 탱고와 이과수 폭포를 뒤로 하는 아쉬움으로 내 삶의 노트에 오래 머물 것 같다. 쨍하니 깨질 듯 라틴아메리카 특유의 파란 하늘이 유리창 넘어 가득하다. 공항 부스에서 전화를 건다.

전선을 타고 들려오는 천사의 음성, "보고 싶어~잉, 빨리 와~잉!" 누구도 마음의 거리에 넣어 둔 것이 없었는데, 겨우 네 살을 막 넘긴 손녀딸의 이 말이 콧등을 시큰거리게 만든다. 내 끈이 여기까지 연결되어 있구나. 가슴이 화끈거린다. 마음은 시간과 공간이 필요 없음을 안다. 돌아갈 수 있는 둥지가 따뜻하게 느껴진다.

아르헨티나와 브라질 국경에 이른다. 깨진 유리창을 스티로폼으로 막아 놓은 아르헨티나의 시골 비행장은 차라리 편안한 모습이다. 브라질 국경지역으로 가기 위해 공항 문을 밀고 밖으로 나서자, 밀림지대가 가까워서인지 나비가 내 어깨에 먼저 올라앉는다.

소나기 한줄기가 손님을 맞는다. 아르헨티나 국경지역이라 브라질 버스가 들어올 수 없으니 옹색한 작은 버스를 타고 이과수 폭포를 만나러 가야한단다. 아무러면 어떠하랴. 폭포가 있는 이 아르헨티나 국경 지역은 세계문화유산 자연보호구역이라 어떤 자연도 훼손해선 안 된다고 단단히 이른다. 밀림지

역의 후끈한 공기가 오락가락하는 비 사이로 마구 달려든다. 순간 스치는 생각 하나,

"아니 타잔은 나를 마중 안 나오고 어디 갔데요?"

"아프리카로 어저께 전근 갔어요."

오매, 짝짝 들어맞게 맞장구 쳐주는 가이드. 이런, 이런, 오호 통재라! 폭포를 보려면 꼬마 기차를 타고 가야 한단다. 기차라면 무조건 좋아하는 나인지라 또 마구 흥분이 된다.

밀림의 한적한 간이역에서 기차 오기를 기다린다. 장난감 같은 기차를 타고 밀림 속으로 들어간다. 타잔과 재미나게 노는 제인이면 좋겠다고 만화 같은 생각을 해본다. 밀림의 향내가 좋다. 팔을 활짝 벌려 가슴을 열고, 눈을 감고 원시림의 숲 향기를 마음껏 들이킨다. 바람이 흐르는 데로 마음과 몸을 맡겨본다. 구름이 되었다가, 바람이 되었다가, 하늘이 되었다가, 허공이 되기도 하다가, 마음과 몸이 없어지기도 하다가…….

기차에서 은은히 들려오는 영화 미션의 '가브리엘 오보에' 선율이 한층 더 깊은 곳으로 나를 이끈다. 꿈처럼 깊은 휴식이 달콤하다. 오보에는 한줄기 아침햇살이 되어 내 가슴을 환히 비춘다.

'악마의 목구멍'이란 팻말을 보고나서도 족히 20여 분을 더 걸어가야 한다. 안개비 내리는 철길, 넓은 강폭 위를 미끄러움

Photo review

이과수 가는 길

을 감수하며 걸어간다. 강 속에 띄엄띄엄 꼭 악어 같은 바위들이 눈에 띈다. 순간 늑대소년처럼 거짓말을 하고 돌아서니, 정말 악어가 나타났다. 이런! 친구 놀려 주려다 그만 악어한테 잡혀갈 뻔했다.

둥둥둥…… 온몸을 울리는 소리. 가까워질수록 알 수 없는 두려움이 엄습한다. 눈부시게 푸른 하늘과 숲과 바위, 유정 무정의 영혼들에게 감사 올리던 인디오들이 오직 예수, 오직 하나님을 핑계 삼으며 자신들만이 최고의 선善이라도 되는 듯이 달려드는 백인들에게 쫓겨 다시는 돌아오지 못할 악마의 목구멍으로 처박히며 울부짖던 소리일까. 가없이 떨어지는 큰물을 바라본다. 세월의 흔적이 저 물속에 섞여 지워질 수 있을까.

폭포를 오르려 하던 선교사를 박해하며 내 땅을 지키려한 인디오, 물고 물리는 역사. 누구의 승리인지 과연 승리가 있기는 한 것인지, 과연 누구의 시각으로 역사를 바라봐야 하는 것인지.

현기증이 난다. 지금 내가 혹시 색계의 입구에서 무색계를 향해 가고 있는 것은 아닐까? 아득한 찰나에 나를 맡겨본다.

'둥 둥 둥' 법고의 여음, '타닥타닥타닥 탁' 목어소리의 잔향, /두~~우~웅' 에밀레종의 여음, '당당당당……' 운판의 구름을 타고 가뿐히 소리가 날아오른다. 소리가, 폭포의 소리가 하늘과 땅을 건너 사람의 마을에 당도한다. 우주의 시원에서 방금 당도한 거룩한 진리의 법음으로.

*오필리아 콤플렉스 : 섹스피어의 소설 햄릿에 나오는 오필리아가 물에 빠져 죽은 것에서부터 유래되었다고 한다. 물을 보면 물속에 빠질 것 같은 착각을 하게 되는 마음의 현상을 뜻하는 것이다.

**무색계無色界 : 불교철학에서 윤회가 일어나는 3계三界 중 가장 높은 차원이다. 나머지 2가지는 형상의 세계인 색계色界rpa-loka와 감각의 세계인 욕계欲界kma-loka이다.

18. 몽환夢幻이어라 - 브라질 | 이과수 -

where is

이과수 폭포는 이과수 강을 따라 2.7km에 걸쳐 270여 개의 폭포들로 이뤄져 있으며 유네스코에서 지정한 세계유산이다.

BRAZIL

이과수 폭포

태양을 바라보는 프리즘 속에 무지개가 보이던 날이 있었다. 무지개는 날개였고, 파랑새를 쫓는 환상이었다. 바라보기도 아깝게 스스로 프리즘이 되더니, 그 위로 노랑노랑 무리지어 나비의 춤사위가 하늘로 오른다. 무지개 물보라 속에 얼굴을 묻는다. 나비의 날개 위에 나를 얹는다.

무지개가 나비를 날게 하는지, 나비의 날갯짓 때문에 무지개가 뜨는지…….색즉시공 공즉시색이라 하거늘 마음이 환幻을 만든다. 욕계에 서 있는 이 몸이라는 물건의 한계는 오온五蘊*과 육근六根**에 있을 뿐임을 안다. 분명 꿈을 꾸는 것은 아닐 진데, 나는 자꾸 꿈이라고 말하고 싶어진다.

금강경(佛經)에는 이미 이 세상이 꿈과 같고 환과 같고 물거품과 같고 그림자와 같고 또 이슬과 같고 번갯불과 같다고 말씀하고 계시니, 지금 이 순간이 꿈과 같다고 한들 틀린 말은 아닐 것이다.

브라질 국립공원 안의 이과수는 '악마의 목구멍' 폭포의 뒷모습이다. 뒷모습이 이렇게 아름다운 것은 아마도 꾸밈없는 자연뿐일 것이다. 비를 맞으며 악마의 목구멍을 만난 어제와는 달리 오늘은 눈부시게 맑다. 세계에서 아마 가장 긴 이름일 듯한 '뽄떼 인터나시오날 프레지덴테 땅끄레도 네베스' 라는 국경의 다리를 건너온 것뿐인데 언어도, 날씨도 사뭇 다르다.

포루투칼의 지배에서 독립할 때 브라질은 포르투갈 언어를 쓰기로 결정했다고 한다. 스페인의 '올라(안녕하세요)'가 포르투갈어 '오이(안녕하세요)'로 바뀌고, 스페인어 '그라시아스(고맙습니다)'가 '오브리가도(남자에게 쓰는 고맙습니다), 오브리가다'(여자에게 쓰는 고맙습니다)로 변신하며 브라질의 시간이 가고 있다.

남북한을 합친 것보다 38배나 영토가 넓다는 브라질은 지도를 보지 않고는 상상이 가지 않을 만큼 넓은 나라이지만, 엄청난 지하자원을 두고도 소득 수준은 현재 우리를 따라 오지 못하고 있다니 참으로 아이러니하다.

버스가 지나가는 도로에서도 노랑나비, 호랑나비가 무리지어 날아오른다. 폭포의 숫자가 세계에서 제일 많다는 브라질 이과수와 얼굴을 마주한다는 것은 황홀함 그 자체였다. 물안개들이 햇빛을 받아 무지개를 잉태하고 순산하기를 수없이 반

복한다. 여기저기 낙하하는 물소리는 어느 오케스트라의 화음보다 신비하고 장엄하고 격조 있다. 그 화음을 타고 무궁한 우주 속으로 나비는 날아오른다.

내게 날개가 있다면, 다 비워 마음조차 없다면, 저 화엄의 바다로 같이 날아오르련만……. 실은 바로 이 자리가 화엄인 것을 늘 잊어버린다. 버리자, 버리자, 가벼워지자, 가벼워지자, 바람에게 태양에게 그리고 저 물소리 속으로 던져 버리자. 수없이 생각을 놓고, 마음을 놓아 본다.

애벌레가 껍질을 벗어나 날듯이, 화엄 속으로 날아오르는 꿈을 꾼다. 영혼만이 눈 뜬 시간이고 싶다. 무지개에 둘러싸인 시간이고 싶다. 이 아름다운 시원을 수도사는 겨우 금광을 찾으러 다니다 발견했다고 하니 어느 금강석이 이보다 더 훌륭한 법어이겠는가.

아름다운 저 폭포를 바로 앞에서 마주하며 느낄 수 있는 폭포 보트 투어를 하러 정글 속을 간다. 원시림 속으로 들어가는 탐험가가 잠시 되어보는 기분이 짜릿하다.

폭포와 마주선다. 온몸이 폭포에 젖는다. 나는 지금 폭포다. 나이와 상관없이 환호한다. 외국인들은 아예 벗은 채로 폭포와 마주한다. 어차피 젖을 것인데 물을 피할 수 있을 것이라며 야심차게 비옷까지 껴입은 우리와는 너무나 대조적이다.

마음의 옷도 이렇게 두껍게 껴입고 있는 것은 아닐까 하는 생각이 스친다. 체면과 격식이 다 나쁜 것이라고 치부할 수는 없지만, 그렇다고 다 좋은 것도 아님을 본다. 상황에 맞게 울타리를 허물 수 있는 내가 되어야 함을 또 한 번 각인한다.

흥건히 젖은 옷을 체온으로 말리며, 한가로이 백조가 노니는 호숫가 숙소로 돌아와 침대머리로 스며드는 달빛을 살포시 품는다. 오늘밤은 달빛 아기를 순산해야겠다. 화엄의 바다로 날아갈 수 있도록 무아의 날개가 돋는.

---

* 오온 : 생멸 · 변화하는 모든 것을 구성하는 다섯 요소다. 물질인 색온色蘊, 감각 인상인 수온受蘊, 지각 또는 표상인 상온想蘊, 마음의 작용인 행온行蘊, 마음인 식온識蘊을 뜻한다.

** 육근 : 육식六識을 낳는 눈, 귀, 코, 혀, 몸, 뜻의 여섯 가지 근원이다.

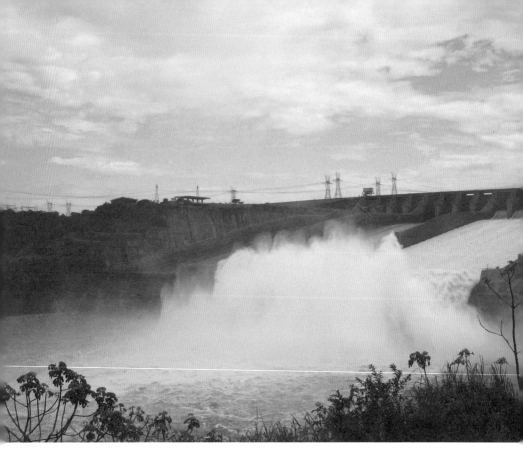

19. 파라과이와 이따이쁘 수력발전소

- 파라과이 | 이따이쁘 수력발전소 -

where is

파라과이와 브라질 국경 파나나 강의 이따이쁘 수력발전소는 어마어마한 규모로
현존하는 수력발전소로는 세계 최대다.

파나나 강 _ 이따이쁘 수력 발전소

    여행은 내게 그 어떤 것보다 더 귀하고 값진 선물이다. 어느 보석이 이 황홀경을 대신할 수 있을까?

    낯선 곳의 달빛 아래서 내 안의 허상인 그림자를 바라보는 허허로움, 낯선 사람들이 걷는 길가에 낮게 핀 이름 모를 들꽃을 눈여겨보는 경이로움, 낯선 사람들의 일상에 섞여 미소로 주고받는 따뜻한 눈인사. 낯선 사람과 악수를 건넬 때 전해 오는 온기, 낯선 골목길에서 마주치는 아이들의 재잘거림, 그 맑은 눈동자. 어느 곳에서든지 이 모든 것이 하나씩 내게 와 그림자 없는 그림이 되었다가 다시 여백을 만들곤 한다.

    이번 여행길은 밑그림 없이 떠난 길이라 더욱 그 그림이 온전하다. 바쁜 일정만 아니라면 더 행복하겠지만, 지금 이 순간이 신이 내게 준 최고의 선물이라 느껴져 다니는 곳곳마다 고마움의 말을 이슬비처럼 뿌리고 다니게 된다.

    인도 땅을 밟았을 때나 이집트의 람세스를 만났을 때는, 신이 나를 초대한 것이 아니라 인간인 내가 내 발로 온 것이라며 고개를 빳빳이 들고 다녔었다. 그렇다고 해서 티베트에서 느꼈던, 언제인지는 모르지만 오래 전에 내가 살았던 것만 같은 친근함, 그 진공묘유(진정 없으나 묘하게 있는 바가 있다)의 아득함과도 느낌이 사뭇 다르다.

라틴아메리카 땅에 발을 내딛는 순간, 나의 오만함이 가차 없이 뭉개지도록 만든 것이 신의 뜻이란 생각을 지울 수가 없다. 그렇다면 과연 돌아갈 때 내게 남겨질 것들은 무엇일까. 신은 정녕 내게 무엇을 알게 하실까.

아침 산책길에 만난 야생 거북이가 엉금엉금 숲을 향해 기어간다. 거북이도 제 갈 길이 있기에 가는 것이리라. 그럼 지금 나는 나의 길을 온전히 가고 있는 것인가? '나는 누구인가' 라는 질문을 오늘은 마음 없이 쉬려고 한다.

브라질 국경의 다리를 건너 파라과이 땅을 밟는다. 다리만 건너면 남의 나라 땅이 되는 국경을 지나며, 넓지도 않은 우리의 땅 북한과 자유로이 왕래할 날을 기대해본다. 아르헨티나, 우루과이, 칠레는 전자제품 만드는 곳이 없어서 관세가 없는 이곳 파라과이 시우닫 델 에스떼(전자상가)에서 전자제품을 주로 구입한다고 한다. 길은 이른 아침부터 체증을 이룬다.

1970년대 남대문시장 풍경 같은 상점들이 즐비한 길가에 눈

파라과이 전자상가에 탤런트 김남주의 광고 부스가 있다

에 띄는 한 광고 부스가 보인다. 눈에 익은 아름다운 여인이 나를 반긴다. 여기까지 원정을 오다니! 한국의 미녀 탤런트 김남주의 얼굴이 나를 반긴다. 그가 누구이든 한국인의 얼굴을 이곳 광고 부스에서 만나는 일이 무척이나 반갑다.

이 넓은 라틴아메리카 땅덩어리에 비견할 수 없을 만큼 작디작은 우리나라, 마치 다윗과 골리앗 같다는 생각을 들게 하는 브라질. 이곳에서 만나는 한국 제품 광고가 어찌 반갑지 않을 수 있겠는가. 쿠바에서는 LG제품으로 고속도로에 무인속도 측정기를 설치했다고 한다. 멕시코의 삼성 광고판도 반갑기는 매한가지였다. 모두 뿌듯하다.

파라과이와 브라질 국경 파나나 강의 이따이쁘 수력발전소는 참으로 그 규모가 어마어마하다. 가동되고 있는 수력발전

'위대한 강' 이라고 부르는 '파라나 강' 이다. 이 강물을 막아 브라질 쪽에 이따이 쁘 수력발전소가 건립되었다

소 중에서 세계 최대라고 한다. 1991년에 공사가 끝났다고 하는 이 발전소를 브라질이 건설했지만, 파나나 강이 파라과이 소유이므로 파라과이와 공동소유권을 갖고 나란히 전력을 쓰고 있다.

시간당 생산량이 1400만KW라고 하는데, 우리나라와 비교해 보면 충주댐 40만KW/소양강 20만KW/화천 18만KW/의암18만KW/라고 하니 그 규모를 대충 알 수 있을 것이다.

믿어지지 않지만, 이 수력발전소를 지을 때 5분 만에 20층 건물을 짓는 속도로 공사를 했으며, 시멘트는 커다란 축구장 210개를 가득 채울 수 있는 양이며, 철근은 파리의 에펠탑을 380개를 만들 수 있는 양이었다고 한다.

이따이쁘 수력발전소. 시간당 발전량 1400만 kw

　65층 높이의 수력발전소는 담수호 길이가 서울에서 대전 가
는 거리쯤 된다. 그래서 호수에 바다처럼 수평선이 보인다. 이
담수호의 면적은 서울시의 2배가 되고, 담수량은 2천9백억 톤
으로 소양호 담수량 29만 톤에 비하면 무려 100배가 되는 것
이라고 하니 상상해보면 재미있을 것이다.

　우리나라도 댐 공사 때문에 아름다운 고향이 물속에 잠겼듯
이, 여기도 이 수력발전소를 만드느라 물에 잠긴 아름다운 섬
이 있다. 남해 보길도의 몽돌 해안처럼 이따이쁘 아일랜드는
'노래하는 섬'이라 부르던 곳이었단다. 현무암으로 된 이 섬은
구멍이 뚫린 돌에 파도가 치면 소리가 났다고 한다. 이제 그 아
름다운 소리는 물속에 잠겨 내생을 기약할지도 모르겠다.

이곳의 엄청난 크기에 놀라 벌어진 입을 채 다물지 못하고 돌아서 나오다가, 아름다운 풍경 하나를 만났다. 처음엔 수목장을 이곳에서도 지내나 하고 유심히 바라봤다. 나무마다 명찰을 달고 있는 것이다.

이 수력발전소에서 일하시던 분이 퇴직할 때 명예롭게 나무 한 그루를 선물하며, 그 후 평생 이 나무를 가꾸도록 한다는 것이다. 눈길을 끄는 행복한 풍경이다. 이런 점은 얼마든지 우리가 닮아도 좋을 것 같다.

담수호에서 떨어지는 물길을 바라보니 이 풍부한 자원이 부럽지 않을 수 없다. 아무리 부러워해도 어쩔 수 없는 일이다. 우리 민족의 저력은 온 국민이 교육을 향해 쏟는 열정이라고, 문맹자가 많다는 라틴아메리카에서 스스로 위로해본다.

우리나라의 부정적인 모습에 실망하기도 하지만, 부정은 절망을 낳을 뿐이다. 긍정속의 부정은 도약의 힘이 된다. 우리를 칭찬하고 격려할 수 있는 것은 우리 자신이다. 자신을 자신이 인정하지 않는데 누가 인정하려 하겠는가. 우리의 최대 장점인 부지런함과 근면하고 성실함을 서로 인정하고 칭찬을 아끼지 않아야겠다는 생각을 더욱 굳게 갖는다.

20. 우연 같은 필연 - 브라질 | 상파울루 -

where is
상파울루는 브라질 남부에 있는 남아메리카 최대의 상공업 도시로 세계 제1의 커피·설탕의 집산지이다.

BRAZIL

상파울루

　'인연은 만나지는 것일까, 만나는 것일까?' 라는 질문을 스승께서 하실 때 답을 내기가 어려웠다. 이미 수많은 답을 주셨지만, 깨닫지 못하는 어리석음을 삭여야 했다.

　흔히 쓰는 말, '인연' 이란 과연 무엇일까. 어제, 같은 시간 같은 장소에 있었으면서도 보지 못한 사람을 오늘 같은 시간 같은 장소에서는 알아보게 되는 것, 분명 처음 본 사람인데 어디선가 만난 것 같은 데자뷰 현상이란 것도 있다.

　인연은 우연처럼 그냥 만나는 것이다. 그러나 우연은 없다. 필연인 것이다. 이미 예견되어진 만남인 것이다. 그때 내가 그 사람을 만나지 않았더라면, 이렇게 가슴이 시려오는 고통은 없었을 것을 하고 후회하지만, 바로 그것이 인연이었기에 그 사람을 만난 것이다.

　이제 상파울루와의 인연이 시작된다. 새벽 5시에 이과수공항 출국검사대에 섰다. 상파울루 행 비행기에 피곤한 몸을 앉힌다. 자리에 앉는 순간 작정하지 않아도 잠이 든다. 이전에 나는 비행기 좌석이 불편하다는 이유로 장거리 여행인데도 꼬박 깨어 있곤 했다. 그래서 여행 일정이 길어질수록 더욱더 몸과 마음이 불편해지곤 했었다. 그런데 이번 여행에서는 웬일인지 마음의 불편함을 개의치 않게 되었다. 이렇게 변한 나 자신에게 열렬히 박수를 보내지 않을 수 없다.

안개가 낀 듯 뿌연 상파울루 공항에 내린다. 아침인데도 상쾌하지 못한 하늘이다. 상업지역이라 그런지 메마른 느낌이 든다. 매연으로 도시가 숨을 못 쉴 것 같다. '여기서는 별로 하실 일이 없습니다. 그냥 잠시 들렀다가 한국음식점에 가서 점심 드시고 리오 데 자이네루로 떠나시면 됩니다.' 맥 빠지는 소리다.

이것이 새벽부터 무거운 몸을 이끌고 온 것에 대한 답례란 말인가. 뒤이은 가이드의 이야기가 당차고 야무지다. 우리나라가 앞으로 저런 젊은이들로 인해 빛날 것이라는 확신이 든다. 미혼의 청년은 초등학교 5학년 때 자기에게 한마디 상의도 하지 않은 아버지 손에 이끌려 이민을 떠난 후 상파울루에 정착할 때까지, 몇 몇 나라를 거치느라 5학년을 세 번이나 다녔다고 한다. 그의 인연은 결국 이곳에 있었나 보다.

브라질 독립기념관의 스페인식 정원이 말끔하다. 청년 가이

드는 브라질에 대한 예리한 판단과 한국에 대한 정확한 정보, 그리고 앞으로의 계획이 확고하다. 젊은 그이기에 어차피 시행착오를 겪게 되겠지만, 그 시간이 최소화 되어 좌절이나 절망이란 단어는 조금만 맛보게 되었으면 싶다. 5학년을 세 번씩이나 다니며, 어린 나이에 좌절과 절망이란 매서운 회초리를 이미 맞았을것이므로.

그가 재미있는 사회현상에 대해 말한다. 이곳의 젊은이들은 군인이 되는 것이 희망이란다. 우리나라는 어떻게 하면 군대를 안갈까 궁리해 갖가지 비리의 온상을 만드는데 말이다. 그런데 그의 얘기를 듣고 보니 그럴 듯하다. 브라질은 적군이 없단다. 예전이나 지금이나 가상의 적을 만들자고 치면, 축구의 적 아르헨티나가 있을 뿐이라나?

우리나라에서는 종교, 지역, 정치, 등 잘못 말하면 곧 싸움이 되는 여러 가지 문제가 있다. 그러나 여기서는 민감한 문제가 오로지 축구뿐이란다. 그래서 축구 이야기를 잘못 하면 바로 격렬한 싸움으로 이어진다고 한다.

상파울루는 치안이 제대로 이루어지지 않아 어려운 점이 많은 도시다. 상파울루에서 제일 집값이 싼 곳은 경찰서 부근이고, 제일 비싼 곳은 공동묘지 옆이라는 것이 재미있다. 경찰서 부근은 등잔 밑이 어둡다는 속담이 현실화된 것이고 공동묘지

Photo review 🪶

1 브라질 독립박물관이라 불리는 파울리스타 박물관Museu Paulista 2 유령이 나올 듯한 빈 아파트, 상파울루에는 이런 집들이 많다 3 4 뉴욕이나 다른 곳의 그라피티는 예술적인 것을 더 추구하나 남미의 그라피티는 광고효과를 노린다. 이유는 광고 간판을 만드는 비용을 절감하기 위해서다

옆은 성역이라 그 근처에서 나쁜 짓을 하면 벌을 받을지도 모른다는 생각 때문에 강도나 도둑이 없다고 하니, 웃어야 할지 말지….

거리에는 유령이 곧 나올 듯이 폐허처럼 보이는 높은 빌딩들이 수두룩하다. 비어 있으니 낡아갈 수밖에 없다. 모두들 신기해한다.

"왜 저런 것을 그냥두지요? 우리 같으면 얼른 리모델링해서 산뜻하게 새 집을 만들 텐데." "고치는 값이 더 들기도 하거니와 워낙 땅이 넓으니 버려두고 다른 곳에 새로 지어 정착을 한답니다."

그러다 보니 이 지역은 사람들이 떠나가면 다시는 돌아오지 않는다. 그래서 점차 폐허의 도시가 되어가고 있다. 이 지역이 바로 우리 이민 1세대들이 정착했던 곳이었다고 하니 더 쓸쓸해진다. 이제 신도시가 생겨 그곳으로 사람들이 몰려가고 있다고 하는데, 집이 부족해 아파트 경쟁이 치열한 우리에게 주었으면 좋겠다는 마음이 굴뚝같다.

그런데 유령이 나올 것 같은 저 집들은 개인 소유라 정부에서도 마음대로 하지 못한다고 한다. 땅이 워낙 넓어 벌어지는 현상이라고 하니 도대체 사람의 마을에는 알 수 없는 일 뿐이다.

　　박물관을 나와 거리를 본다. 한국인들이 정착했던 곳을 이젠 중국인들이 점령을 하고 있다. 세계의 패러다임이 서서히 바뀌고 있는 것을 이곳에서도 본다. 중국인 거리와는 달리 깨끗하게 정리되어 있는 일본인들이 모여 사는 지역을 지나 한인거리에 들어선다.

　　반가운 한글 간판들이 즐비하다. 서울에서는 외국어 상호를 달아야만 세련되어 보인다고 생각되는지, 도무지 무엇을 파는 가게인지 무슨 말인지 알 수 없는 간판들로 북새통을 이루는데, 상파울루 한인 거리의 상점들은 1960년대 서울 거리를 보는 즐거움을 한껏 안겨준다.

　　반가운 마음에 렌즈를 들이댄다. 처음 눈에 들어 온 곳은 형제약국이다. 가게 안에 온 시선을 집중하여 들여다본다. 들여다보다가 학원, 미용실, 음식점으로 이동하는 반경 속에 눈을 돌린다.

　　부지런한 한국인들이 지역사회에서 존경을 받으며 열심히 산다는 말에 힘이 솟는다. 한국인들은 봉제라던가 의류 쪽에 관여하시는 분들이 많다고 한다. '고궁'이라는 한국식당에서 맛난 점심, 김치찌개를 먹고 나서 나는 상파울루를 떠났다.

　　(그 후, 여행에서 돌아와 멀리 미국에 있는 동서로부터 안부 전화를 받았다. 브라질 상파울루에 갔었노라고 했더니, 아뿔싸! 왠지 마음이 가던 그 형제약국이 동서 사촌동생 가게라고 한다. 상파울루 대학에서 약학 공부를 하고 정착했다는 두 형제가 경영하는 약국이라는 것이다. 몇 해 전에 그 형제의 아버님 되는 분을 만나 뵈었는데! 전율이 왔다. 아득한 인연의 고리, 눈에 보이지 않는 세계에 대한 믿음의 의미를 되새길 수밖에 없었다.)

21. 성숙한 열정, 리오 데 자네이루

- 브라질 | 리오 데 자네이루 -

리오 데 자네이루는 약칭으로 리우라고도 하며 자연미와 인공미의 조화로 세계 3
대 미항美港 중 하나다.

BRAZIL

리오 데 자네이루

코파카바나 해변

노을이 내리는 바닷가 가까운 곳에 여장을 풀었다. 창문을 열자 파도소리가 나를 끌어안는다. 열렬한 포옹이다. 야자수 나뭇잎이 긴 그림자를 내리는 바닷가로 S라인의 여인들이 비키니 수영복 차림으로 지나간다.

비로소 남미 특유의 풍광이 뚜렷이 들어온다. 삼바 춤을 추는 아가씨의 몸매를 보며 신이 내린 축복이다 싶었는데, 무용수가 아니더라도 다 저런 몸매를 갖고 있다니! 그럼에도 불구하고 파도는 볼품없는 나마저 반갑게 맞이해준다.

어둑어둑 땅거미가 지더니 해안선을 따라 보석 밭이 된다. 보석을 탐하는 여인을 유혹하듯 불빛이 농염하다. 파도를 껴안고 밤새 뒤척인 그날 밤, 내 안에서도 태양과 하늘과 밤과 바다가 한꺼번에 잉태된 것 같다. 잠자리에서 눈을 뜬 아침, 공간도 시간도 멈춰 버린 듯 하다. 내가 어디에 있는가, 나는 누구란 말인가, 내가 과연 있는가?

신기하다. 며칠을 돌아서 왔건만 갑자기 모든 것이 멈춰 버린 것 같은 착각. 잠시 눈을 감았을 뿐인데 내가 여기 있다. 이런 기분은 처음이다. 어쩌면 모든 시간이 정지되어 버렸으면 하는 의식이 저 깊숙이 있었던 것은 아닐지…. 아득한 바다와 파란 하늘과 뜨거운 태양과 푸르게 성숙한 나무들, 그리고 나만의 시간. 이대로가 화엄이라고 나에게 속삭인다.

아침시간이 모처럼 여유롭다. 느긋이 산책을 즐긴다. 태양이 아침부터 뜨겁게 따라오는 바닷가를 걷는다. 모래예술을 하는 아버지를 따라온 아이가 그늘도 없는 곳에서 태양을 이불삼아 잠들어 있다.

벗고 싶어진다. 걸친 모든 것들이 거추장스럽다. 그래서 이곳의 아가씨들이 모두 비키니 차림인가? 카뮈의 소설 '이방인'의 주인공 뫼루소를 이해할 수 있을 것 같다. 얼마나 뜨거웠으면, 얼마나 내리쬐였으면 '저 뜨거운 태양 때문' 이라며 그는 살인을 하고 말았을까.

태양은 때때로 사람을 백치로 만드는 마술을 걸기도 하나 보다. 나도 백치가 되고 싶다. 여기 코파카바나 해변에서는.

코르코바도 언덕

협궤 열차가 코르코바도 언덕 해발 710m의 고지를 지렁이처럼 기어오른다. 코르코바도 언덕을 힘겹게 오르는 데는 멋진 이유가 있다. 이 높은 정상에 예수 상이 우뚝하게 리오를 지키고 계시니 그분께 경배하려 함이요, 세계 3대 미항美港 중에 하나라는 멋진 리오의 모습을 한눈에 보기 위해서이다.

만만치 않게 가파른 고지를 오르며 바라보는 저 아래 세상 풍경은 저곳이 바로 천국일지도 모르겠다는 생각이 들만큼 아름답다. 하늘과 나무와 바다, 이 아름다운 빛깔들을 뭐라고 표현해야 할지, 말없음이 더 많은 말일 것 같다.

예수님이 햇빛에 눈이 부셔 바라볼 수 없는 높이로 우뚝 서 계시다. 코흘리개 시절부터 사춘기까지 가슴에 품고 짝사랑했던 저 분. 오늘은 바로 바라보며 그 마음을 흔쾌히 내려놓기로 한다.

이제는 사랑도 고통 없이 할 줄 아는 나이가 되었기에 짝사랑이었다고 해도 아름다움이요, 내가 그의 곁을 떠났어도 아픔이 아니요, 떠난 나를 아프게 바라볼 그 분이 아니라는 것도 알게 되었다.

사람의 마을에서는 사람의 잣대로 당신을 올렸다 내렸다 하곤 하지만, 진정 당신은 그런 것과는 무관하시다는 것을 안다.

코르코바도 언덕의 예수님 상

높은 이곳에 계시거나 낮은 저 아래 추하고 험한 곳에 계시거나 당신은 물들지 않으시는 분이며, 물들이고 물드는 자들의 화평만을 염려하고 계신다는 것을 이제는 안다.

당신을 이 높은 곳에 모신 이유 같은 것은 아무래도 좋다. 언제나 이유 같지 않은 이유로 치유 받지 못할 아픔을 겪는 사람들이 있다. 그리고 아픔을 준 자들은 또 그런 아픔을 치유하기 위해 이 높은 곳에 방편을 만들어 놓고 한 곳을 향한 마음을 모으려 한다. 그러나 이제 그런 것에 흔들릴 마음도 아니다. 모든 것은 마음 안에 있다는 진리를 머리로 아는 것에서 벗어나, 내 마음을 내가 바라보고 내려놓을 줄도 알기 때문이다.

종일 팔 벌려 끌어안는 모습이 그저 죄스럽고 안타까운 이

200

리오의 밤 풍경, 저 멀리 언덕 위에 보이는 십자가가 예수님 상이다

볕 좋은 날, 당신의 은혜로움으로 아름다운 세상을 내려다보며, 나는 멀리 내 나라에 계신 당신처럼 거룩한 분과 그리운 이에게 편지를 쓴다. 푸른 하늘 잉크를 묻혀 이국의 서걱이는 푸른 나뭇잎 소리와 달콤한 바람과 정열적으로 애무하려 드는 저 태양의 위대함을, 하얀 종이 위에 촘촘히 엮어간다.

언제나 '나' 라는 아상에 머물러 분별하며 분노하던 그 마음이 아름다운 리오 데 자이네루 언덕에서 그림자도 없이 스러진다. 태양은 언제 어디서도 어두움이 없는 법, 내 어두움이 여기 이 뜨거운 태양 아래서 다 타버린 것 같다.

리오의 뜨거운 태양은 백치의 순수를 성숙하게 숙성시키는 힘이 있나보다. 아마도 높은 곳에서 가장 낮은 마음을 가지신

분의 은혜로움이 나뭇잎을 흔들며 내려오는 까닭이리라. 낮은 곳으로 낮은 곳으로.

협궤열차가 코즈메베료 역에 도착하자 예수님의 제자들이 악기를 뜯는다. 예수님은 늘 모두 안에 살아계시니 남에게 행복을 전해주는 이가 바로, 그분의 제자이리니…….

리오의 밤의 비너스

리오의 비너스는 밤에 더 빛난다. 달빛, 별빛, 불빛을 받으며 복사꽃향기 속에 서 있는 리오의 그녀. 낮에만 빛나는 파리 루브르 박물관의 비너스 보다 훨씬 행복해 보인다. 불빛에 취하고 꽃빛에 취할 때쯤 그녀는 말없이 요염함을 들어낸다.

한 번쯤 쓰다듬고 싶어지는 이곳 비너스의 굴곡진 허리와 엉덩이가 저 코파카바나와 이파네바 해안선을 따라 흐른다. 부드러운 머릿결은 코르코바도 언덕을 지키는 숲 속이요, 봉긋한 가슴은 예수님이 서 계신 산봉우리요, 인어 같은 다리는 파도 치는 물결이란다. 이렇게 완벽한 비너스가 또 세상에 있을까?

그녀는 오색 불빛이 보석처럼 빛나는 슈가로프 산에 호젓하게 서서 미모를 선보이고 있다.

이곳에 사는 영호 씨조차 불빛이 켜진 슈가로프 산은 여간 해서는 올 수 없는 곳이라며 한껏 고조된 기분으로 우리를 놓아준다. 리오의 전경을 한 눈에 볼 수 있는 빵 산으로 케이블카를 타고 오른다.

비너스의 몸매를 닮은 만큼 리오는 매혹적이다. 매혹에 빠져 설탕덩어리, 슈가로프 산을 맛본다. 이름처럼 달콤하다. 난간에 몇몇이 나란히 다리를 걸치고 앉았다. 멀리 달아나는 자동차의 불빛도 잡아보고, 리오의 해변으로 왔다가 돌아가는 파도도 안아보고, 하얀 돛을 단 요트가 그림처럼 떠있는 바다를 눈에 한껏 담는다. 그리고는 노래한다.

'푸른 하늘 은하수 하얀 쪽배에…… 나의 살던 고향은 꽃피는 산골…… 낮에 놀다 두고 온 나뭇잎 배는…… 낮에 나온 반

슈가로프Pao de Acucar 산

우르카 해안과 베르멜랴 해안 사이에 있는 작은 반도에 튀어나와 있는 높이 396미터인 기암. 포르투갈 어로는 '빵데 아쑤카루Pao de Acucar'('까칠까칠한 작은 섬'이라는 뜻)라고 부르는데, 첫 글자가 '빵'이다 보니 그냥 '빵 산'으로 통한다. 남미 원주민인 과라니 족 언어로 '높은 언덕'이란 뜻의 말에서 빵 산이란 이름이 유래되었다고 말하는 사람들도 있다. 북미 사람들은 슈가로프 마운틴Sugarloaf Mountain이라고 부른다. 슈가로프라는 지명을 가진 산은 브라질뿐만이 아니라 호주, 캐나다 등 여러 곳에 많이 있다고 한다.

이곳에 오르내리는 케이블카가 30분마다 한 번씩 있다. 케이블카를 타고 코파카바나 해안을 바라보면서 해발 396m의 정상으로 향하다 보면, 리오가 발아래 다 내려다보인다. 리오에 오는 사람이라면 예수상과 더불어 빼놓을 수 없는 관광코스다.

달은 하얀 반달은…… 동구 밖 과수원길 아카시아 꽃이 활짝
폈네.'

왜, 누가 시작했는지도 알 수 없이 그렇게 앉아 밤바다에 흩
어지는 불빛을 바라보며 우리는 노래를 부르고 또 불렀다. 주
위에 하나 둘 외국인들이 모여 우리 노래를 가만히 듣는다. 그
들의 가슴에 보석처럼 이 음절이 박혔으리라. 그리하여 먼 기
억 속에 '어디서 들었을까? 참 귀에 익다' 하는 날이 오리라.

마지막으로 운행되는 케이블카를 타고 어둠을 뒤로 하며 불
빛을 쫓아 내려온다. 슈가로프 산 리오의 비너스도 실눈을 뜨
고 우리를 배웅하는 것 같다.

아름다운 리오여, 그러면 안녕!

기도하는 거룩한 손

건축미가 돋보이는 성당에 들른다. 안내하는 영호 씨가 자
기 마음대로 이름을 지어 피라미드 대성당이라고 부른다고 한
다. 정말 피라미드 형태로 지어진 메트로폴리탄 까떼드레오가
거대하다.

성당이 이런 모습으로 지어진 것은 처음 본다. '올리베이라'
라는 건축가 작품이란다. 천정으로부터 스테인드글라스 유리
창이 네 방향으로 화려하게 꾸며져 있다. 어디에서도 보지 못

한 것이 또 있었다. 공중에서부터 내려온 줄에 그네를 타듯이 예수님상이 모셔져 있다. 종루 또한 멋지다.

브라질 건축물이 놀랍다. 성당 주변에 세워진 빌딩들도 여간 새롭지 않다. 하긴 102살이나 된 리오의 유명한 건축가 '오스카 니마이어' 라는 분은 아직도 현역에서 일하고 있다고 한다. 유엔본부를 설계했고 브라질의 도시 브라질리아를 설계한 분이란다. 이런 저력 있는 분이 살고 있는 도시의 건축답다.

오스카 니마이어는 그렇게 해서 모은 재산을 불우이웃 돕기에 다 내놓았다고 한다. 그는 원형과 곡선을 건축 설계의 중요한 테마로 삼고 있다고 하는데, 이웃돕기를 하는 것도 그런 곡선의 철학에서 나오는 것일지도 모른다.

성당 안은 텅 비었다. 한 남자만이 머리를 숙이고 두 손을 꼭 부여잡고 앉아 기도를 드린다. 그 기운이 서늘하면서도 가득 찬 느낌이다. 기도하는 사람은 영원한 안식을 얻을 것이다. 기도하는 바로 이 자리, 이 시간이 과거였으며 현재이며 미래이므로……

그 분의 기도를 방해하지 않기 위해 조용히 자리를 뜬다. 기도하는 거룩한 손을 저녁 햇살이 감싸고 있다. 경건한 기도처에 황혼이 물들어 더 아름답게 빛난다. 그의 소망도 언제나 아름답게 빛나기를 나도 발원한다.

Photo review

1 리오 해변의 요트들 2 메트로폴리탄 대성당, 피라미드을 닮았다하여 피라미드 성당
이라고도 한다 3 메트로폴리탄 대성당의 종탑 4 스테인드글라스로 장식된 대성당의
내부, 보기 드문 건축물이다

Roca Oceánica, LUGAR DE POETAS

En el centenario del nacimiento del poeta

PABLO NERUDA

Homenaje de la I. Municipalidad de Concón

Agosto 2004

22. 산티아고

- 칠레 | 산티아고 _ 네루다를 만나다 -

who is

칠레의 시인인 네루다(1904~1973)는 초현실주의적인 경향의 시를 썼으며 1971년
에 노벨문학상, 1953년에 레닌 평화상을 받았다.

바다로 간 시詩

새콤달콤한 칠레산 포도를 입에 넣고 얼마 전에 구입한 네루다의 시집을 읽는다. 환상적이다. 여행을 계획하면서 칠레라는 나라가 들어있다는 스케줄을 받을 때쯤 어느 시인이 네루다의 시를 새롭게 번역 출간했다기에 서점으로 달려갔었다.

칠레라고 하면 네루다를 모델로 그린 영화가 저절로 생각난다. '일포스티노', 시인과 우체부가 엮어가는 영화는 낭만적이었다.

"나는 내가 쓴 글 이외의 말로 그 시를 설명하지 못하네. 시란 설명하면 진부해지고 말아. 시를 이해하는 가장 좋은 방법은 그 감정을 직접 경험해 보는 것뿐이야."

"어떻게 시인이 되셨어요?"

"해변을 따라 천천히 걸으면서 주위를 감상해 보게."

"내 앞에서 은유와 직유를 사용하지 말게."

"뭐라고 하셨죠?"

"은유metaphor 말이야!"

"그게 뭔데요?"

"은유?"

"은유란, 뭐라고 설명을 할까……. 말을 하고자 하는 것을 다른 것과 비교하는 거야."

"제가 세상을 설명할 수도 있단 말씀이신가요?"

"바다와 하늘과 비와 구름과 기타 등등이 있는 이 세상이 다른 것의 은유란 말인가요? 그럼 시란 무엇입니까?"

"은유라네."

"은유란 무엇입니까? 어떻게 하면 제가 알 수 있을까요?"

"해변을 따라 천천히 걸으면서 주위를 감상해 보게."

"그럼 은유를 쓰게 되나요?"

"틀림없을 게야!"

시인과 우체부의 영화 속 대사는 이렇게 이어졌다. 너무나 투명해서 햇빛마저 파랗게 보이는 바닷가를 배경으로 두 사람이 대화를 나누는 모습을 보며, 우체부가 이미 시인이라는 생각이 들었다. 저 바닷가를 가 봐야지! 아마 시가 분명 거기 금빛으로 흩어져 있을 거야. 영화가 끝나고 난 후에도 시인 네루다보다 우체부의 순진한 눈동자가 내 눈 앞에 어른거렸다. 영화적 진실로 만난 네루다였지만, 그냥 가슴으로 안아 들였다.

시인 네루다를 그렇게 만났었는데 이제 그가 시를 위해 숨쉬던 곳, 거기 내가 왔다. 시를 만나러 바다로 간다. 해변 마을 비냐델 마르를 가기 위해 새벽안개가 자욱한 시골길을 달린다. 한기가 들 정도로 아침이 싸늘하다. 비행기 안에서 준 간식으로는 아침을 해결할 수 없어 한적한 시골 휴게소에 들러 따뜻한 차 한 잔을 마신다.

화물차 운전사들이 아침식사를 하고 있다. 커다란 눈망울에 선한 웃음, 부지런히 가족을 위해 일터로 나온 사내들의 시선을 잠시 렌즈에 담는다. 티베트에서 네팔, 그 험준한 산길로 화물을 싣고 가던 새까만 얼굴들이 겹쳐진다. 밤새 운전하고 추워서 얼굴도 씻지 못한 티베트 운전수들보다는 한결 여유가 있어 보인다.

어디서든 고단한 삶을 열심히 살아가는 이들을 보는 것은 내게 큰 위로가 된다. 사람이 보이므로 행복해진다. 내 아버지의 모습이 보이고 남편, 오빠, 동생 그리고 내 아들이 보인다. 그 속에는 절망보다는 행복이 있고 슬픔보다는 희망이 있기에 오늘이 있다.

휴게소 주인 아주머니는 갑자기 새벽부터 몰려든 여행객들이 귀찮지 않은 듯하다. 오랜만에 들고 간 컵라면을 먹는다.

'음~ 이 맛이야.'

산크리스토발 언덕의 마리아가 굽어보는 가운데 은유를 찾으러 바다로 간다. 흔들리거나 혹은 반짝이는 은유가 거기 있을까? 아니, 분명 있을 거야. 포도밭이 넓고 길게 이어진 칠레의 아침, 농촌 마을은 평화롭다.

아침은 누구에게나 평온하고 공평하게 오는 선물이다. 저 아침을 만나는 시간들이 흩어지고 모이기를 거듭하면서 누구는 울고 누구는 웃는다. 그 시간들 속에서 사람들은 더러는 비열해지기도 한다. 칠레의 바닷가 마을로 가는 길에 인생이 은유로 빛나고 있는 것은 아닌지 우둔한 나는 자꾸 누군가에게 묻고 싶어진다.

"그러니까 그 나이였어. 시가 나를 찾아 왔어."

네루다의 시처럼 시가 정말 나를 찾아 왔었다. 나는 한참 동안 붙잡고 놓지 못했다. 차마 말로써 풀 수 없는 것들을 씨줄 날줄로 엮어 시에게 주었지만, 돌아오는 것은 늘 허허로움뿐이었다. 그러나 시가 나를 보듬어 주지 않았는데도 지금껏 놓지 못하고 있다. 내가 시를 힘차게 보듬을 날이 언젠가는 올 것이다.

지금 나는 바다로 그를 찾으러 간다. 바닷가 마을은 안개가 자욱하다. 언덕 위에 있는 독특한 구조를 가진 아파트에 색색의 꽃들이 만발해 있다. 파도가 안개를 밀어내려는지 아득히 밀려왔다가는 또 아득히 멀어져간다. 네루다가 여기 서서 자주 바다를 바라보았을 듯한 바위 위에 그의 이름이 선명히 남아 나를 기다린다.

은유를 찾아 네루다도 여기까지 온 것일까, 은유를 버리러 온 것일까. 바닷가를 한참 동안 걸었는데도 아무도 보이지 않는다, 다만 안개가 있을 뿐. 인생은 늘 안개 속에서 태양을 향해 나아가는 것인지도 모르는 일. 아마도 네루다 그는 안개를 내게 상징과 은유로 놓고 간 것은 아닐까.

바닷가 부두 앞에 있는 상점에서 어깨 끈이 긴 가방을 하나 샀다. 그 속에 비냐의 바다 냄새와 안개로 보내온 네루다의 은유를 우체부처럼 메고 가서 사랑하는 그에게 전해주어야겠다.

시詩여! 그대여!

산티아고 공항에 내리자 기하학적인 실내장식에 먼저 시선이 간다. 부드러움과는 거리가 멀다. 은색 철골 구조물이 직선의 가로와 세로로 연결되어 있는 것이 나에게는 새로 사 입은 옷처럼 어색해 보인다. 논틀길 밭틀길이 굽이굽이 휘돌아가는 곡선에 길들여진 내 마음 속 이미지와는 너무나 다른 모습에 경직되기도 한다.

칠레의 산티아고 거리에는 한국 차가 눈에 많이 뜨인다. 차만 보면 여기가 서울 아닌가 싶을 정도다. 어쨌거나 행복하다.

모네다 대통령 궁, 시민들이 자유롭게 드나들 수 있는 곳이다

아르마스 광장엔 전통의상을 입은 팀들이 공연을 하고 있다. 여인들과 남성들이 모여 타악기를 두드리며 흥겹다. 피로를 춤과 함께 풀고 싶은 마음이 간절하다. 어울린들 어떠하랴. 마당놀이의 후예답게 마당에서 벌어지는 흥겨운 잔치만 보면 끼어들고 싶은 이 피 돌기를 어찌 속일 수 있으랴. 하지만 기회가 오지 않을 뿐이니 그저 눈으로만 마음으로만 그곳에 몸을 놓고 간다.

길 건너 모네다 대통령 궁에 들어간다. 우리나라는 특별한 날에 특별히 초대된 사람만이 갈 수 있는 곳을 아무나 갈 수 있다는 것이 신기하다. 우리도 이런 날이 오겠지!

어느 곳이나 대통령 궁 문 앞을 지키는 병사가 멋지기는 하지만 칠레는 아주 특별하다. 눈이 휘둥그레질 정도로 미남 미녀들이 서 있다. 전국에서 가장 잘생긴 남녀를 뽑은 것인지 아니면 칠레에 이토록 미남미녀가 많은 것인지, 어떻든 바라만 보아도 참 기분이 좋다. 가던 길도 다시 돌아서서 한 번 더 보게 되는 심리는 또 무어람? 칠레의 산티아고는 남미의 어느 곳보다도 유럽 스타일이다. 키 크고 잘생긴 백인들이 많다.

잠시 들러 눈도장만 찍고 가는 것이 못내 아쉽다. 이스터스 섬의 모아이 석상을 다시 보러 올 날을 기약하며 안데스산맥을 넘기로 한다.

도시는 어디나 활력이 가득차 있다. 도시는 도시답고 농촌은 농촌다운 것이 바로 조화이리라. 수산물이 많다는 칠레에서 한국분이 경영하는 음식점에서 젓으로 버무린 생선회를 먹으니 참으로 맛있다. 무엇보다 산티아고 도시의 활력을 체감하고 가는 일이 유쾌하다.

파블로 네루다Pablo Neruda (1904-1973)

네루다는 칠레에서 태어난 제3세계 민중시인이다. 그에게 시詩는 삶의 한 부분인 동시에, 네루다 바로 그 자신이기도 했다. 그는 1971년 노벨 문학상을 탔으며, 1973년 9월 23일 세상을 떠난 네루다의 시는 거의 모든 언어로 전 세계에 번역되었다. 칠레 군부 독재에 항거하며 민주화 운동의 선봉에 섰던 그는 민중들에게 정신적인 지주였다. 그는 가택수색을 하는 군 장교에게 이렇게 말했다고 한다. "당신들에게 위험한 것은 이 방에 하나밖에 없네." 장교가 권총을 들이대며 "그게 뭡니까?"라고 하자, 그는 "시詩라네."라고 대답했다고 한다.

그는 산티아고 산크리스토발 언덕에 '라차스코나'라는 이름의 집을 짓고, 비냐의 발파라이소에 '라세바스티아나'라는 집을 짓고 살며 시를 썼다고 한다. 인간이면 누구나 겪게 되는 고통과 변화에 대해 시로서 대변했는데, 서정적이고 관능적인 작품인〈황혼의 노래〉〈스무 편의 사랑 시와 한 편의 절망노래〉를 쓰기도 했다. 오랜 사상적 동지이며 친구인 살바도르 아옌데의 사회주의 정부가 탄생하자 프랑스 대사직을 수락하여 민중을 대변하는 창구 역할을 한 적도 있다. 유난히 친구를 좋아했던 그는 사람들을 초대해 자주 파티를 열며 손수 칵테일을 만들고 술을 따라주기를 즐겼다고 한다. 그가 살던 집은 이제 박물관이 되었다.

23. 그러니까 그 나이였어
시가 나를 찾아왔어

내 친구 마시모Massimo에게

파블로 네루다Pablo Neruda

내가 그 나이였을 때
시가 날 찾아왔다
난 그게 어디서 왔는지 모른다
그게 겨울이었는지
강이었는지
언제 어떻게 인지
난 모른다
그건 누가 말해준 것도 아니고
책으로 읽은 것도 아니고
침묵도 아니고
내가 헤매고 다니던
길거리에서
밤의 한 자락에서
뜻하지 않은 타인에게서
활활 타오르는 불길 속에서
고독한 귀가 길에서
그곳에서
나의 마음이 움직였다

219

24. 페루를 품다 -페루-

tip

페루는 치안이 불안하니 여행시 소지품을 주의해야 하고 밀림지대를 방문할 계획
이라면 미리 황열병 예방접종을 하는 것이 좋다. 또 페루는 고도가 높은 지형이므
로 고소증상이 심하다. 미리 상비약을 준비하고 지역마다 기온차가 심하니 그에 따
른 준비가 필요하다.

공항 문을 나서니 삼성의 로고가 눈에 뜨인다. 참 반갑다. 칠레를 떠나 자정이 넘어 도착한 페루의 리마가 전설처럼 내게 다가온다. 마치 중세 수도원으로 가는 기분이다. 가로등 불빛 때문일까. 숙소를 향해 가는 길을 불빛이 은밀하게 안내한다. 자정이 넘은 시간이라서인지 거리에 사람들의 인기척이 없다.

지도에선 페루가 아르헨티나나 칠레보다 적도 가까이 있는 나라이지만, 내게는 남미 중에서도 가장 먼 나라인 듯하다. 무슨 연유일까?

이십여 년 전, 가무잡잡하고 작달막한 인디오들이 서울의 어느 광장에서 라틴 특유의 악기인 샴뽀냐(짧은 대나무 엮은 악기)를 불고 서 있는 모습과 조우했던 적이 있다. 그때 안데스 음악이 주는 묘한 매력이 내 핏속에서 어떤 것을 자극했었다.

샴뽀냐 소리를 듣다 보면, 상여소리도 생각나고 대평소 소리까지도 생각나곤 했던 것이다. 안데스의 바람소리 같기도 한 그 음악이 이승을 넘어가는 우리네 한을 어쩌면 그렇게 고스란히 닮을 수 있는 것인지 궁금했다.

라틴아메리카 어느 곳보다 인디오 냄새가 물씬 풍기는 사람들이 호텔 프런트에 있다. 검은 머리카락에 작달막한 키, 노르스름한 피부색까지 우리와 닮았다는 동질감 때문인지 더욱 반갑다.

열쇠를 받아들고 방을 찾아 올라간다. 별4개짜리 호텔이라는데 우리네 모텔보다 허술하다. 하지만 잉카의 전설이 있는 신비한 땅에 올 수 있었음에 감사할 뿐이다.

몸은 피곤하나 쉬이 잠이 오지 않을 것 같다. 늦은 시각인데도 룸메이트는 엽엽하게 내일 아침을 위한 준비를 단단히 해놓고 있다. 가까울수록 예의를 지켜야 함을 그녀의 현숙함에서 배운다. 그녀는 대충 대충하며 덜렁대는 나를 꼼꼼히 챙길 뿐만이 아니라, 상대를 늘 먼저 배려해준다. 그런 보이지 않는 세심함 덕분에 여행 내내 난 그녀의 보호 아래 있다는 편안한 느낌을 가질 수 있었고, 여행이 한결 수월하고 재미난다.

여행에서는 짝꿍과의 의기투합이 큰 몫을 한다. 밤마다 우리는 무언지 모를 이야기로 킬킬대다 잠이 들곤 한다. 사람의 속내를 알려면 '그 사람과 여행을 하라' 는 말이 있듯이, 함께

하는 것이 불편하다면 그 여행은 어쩔 수 없이 피곤함을 감수
해야 한다. 이번 여행은 그래서 더 의미가 새롭다.

　이웃 건물은 나이트 유흥점인지 밤새 노랫소리가 끊어질 줄
모른다. 새벽 2시가 넘었으니 피곤을 약으로 삼고, 그 소리마
저 자장가로 여기며 새로 만난 낯선 곳을 품어 본다. 페루여!
태양의 신은 안녕하신지! 내일 해후합시다.

25. 시간의 꽃을 보아라 -페루 | 리마 -

where is

리마는 페루의 수도로 식민 초기에 건설된 대통령 관저를 비롯한 많은 볼거리가 있으며, 리마에 있는 인류고고학박물관은 유네스코의 세계유산목록에 든다.

리마

황금은 다 어디로 갔을까. 침략자의 손에 들어갔던 그 많던 황금들은 과연 영원한가. 하긴 지금 내 손가락 마디에 끼어 있는 것이 어쩜 잉카의 황금일수도 있을 것 같다. 돌고 돌아 한 여인의 베갯머리 꿈을 둥글이어 걸어놓은 징표가 먼 과거 생을 추억할 수도 있겠다 싶다. 리마 시내를 돌며 괜스레 손가락에 끼여진 반지를 자꾸 들여다본다.

남미 어디를 가나 아르마스 광장이 있고, 그 옆으로 성당이 보인다. 스페인은 점령을 하고 나면, 먼저 같은 이름의 중앙 광장을 만들고 대성당을 지었던 모양이다. 한 손에 총을 들고, 한 손에 성경을 든 채 점령한 스페인의 통치술이 어디서나 빛난다.

특히 이곳 리마 아르마스 광장 대성당에는 스페인 침략자 프란시스코 삐사로의 시신이 있고, 대통령 궁에는 침략자의 동상이 버젓이 서 있다. 참으로 아이러니다. 우리 같으면 벌써

부관참시를 했을 터인데 말이다.

그러나 그렇게 된 데는 이유가 있다. 독립을 하기는 했지만 워낙 오랫동안 식민생활을 하며 혼혈이 되다 보니, 인디오보다 '끌리오'라고 지칭되는 혼혈 백인이 언제나 정권을 잡고 있기 때문이라고 한다.

대통령 궁 앞에 서 있는 경비병은 군기가 빠져 있다. 다른 곳의 초소병들은 어떤 경우에도 눈 하나 깜짝 않고 서 있는데, 이곳 초소병들은 긴장이 너무나 풀어져 있다. 위험 사항이 없어서인지, 여유를 부리는 건지. 그런데 난 이 모습이 좋다. 부동자세로 경직되어 있는 것보다 훨씬 인간적으로 보이기 때문이다.

광장을 나는 비둘기들이 사람들이 풀어놓는 과자를 먹으러 달려든다. 이 모습도 어느 곳과 다를 것이 없다. 한가하게 휴일을 즐기러 나와 있는 가족들의 모습도 다정하다. 삶은 어디서나 같은 모습이다. 늘 다른 무엇에 몰두하고 싶어 안달하지만, 결국은 사람 속에 섞이는 일이 가장 힘겹고 보람된 일이란 것이 이렇게 내게 돌아오는 정답이니, 그만 손을 들고 말게 된다.

거리에 노란색 택시가 눈에 익다. 자세히 보니 이런, 티코 자동차가 쉴 새 없이 거리를 활보하고 있다. 이런 일도 있구나! 놀랍고 반갑다. 한국에서는 드물게 보는 티코 자동차가 이

Photo review

1 대통령 궁 안 경비병들의 교대시간, 걸음걸이가 독특하다 2 오른쪽 노란
건물은 세계문화유산에 등재된 건물이고 자동차는 이곳의 택시인데 우리나
라 티코랍니다.

곳으로 다 시집을 오고 말았구나. 참 멀리도 왔다. 그러나 이렇게 씨앗을 뿌려 놓으면 마음의 거리가 더 가까워지겠지.

'황금박물관' 이라 부르는 'Museo Ore Dei Peru'에 들러 잉카의 얼굴을 만난다. 페루의 부자인 '무히카 미구엘 가요' 라는 사람이 개인 사재를 털어 만들었다는 박물관은 많은 소장품들이 아주 어지럽게 전시되어 있다. 이 많은 전시유물들이 제대로 대접을 못 받고 있다는 생각이 든다. 이곳의 유물들 중에는 도굴된 부장품을 암거래로 사들인 것이 많다고 하니, 이곳에서 만난 페루의 문화유산이 결국은 재난의 상흔이기도 하다.

황금 박물관 "MUSEO ORO DEL PERU'

인간 역사에 전쟁은 필수인가 보다. 호신용 칼에서부터 전쟁 때 쓴 칼과 의복들, 장신구들이 즐비하게 먼지를 뒤집어 쓴 채 진열되어 있다. 그 가운데 놓여 있는 우리 은장도가 더욱 귀해 보인다. 다른 칼은 모두 남을 해치려는 목적으로 만들어졌지만 은장도만은 자신을 지키고 가다듬기 위한, 작지만 가장 무거운 용도로 쓰이는 것이기 때문이리라. 상대적으로 볼품없다는 마음에서 벗어나, 더 귀한 의미에 대해 역설을 하고 싶어진다.

사람들은 대부분 나보다는 남에게 표적을 두고 산다. 상대적인 것 때문에 지금 현대인들은 얼마나 괴로운가. 박물관에 진열되어 있는 물건들을 보니, 상대방보다 더 많이 갖고자 노력한 흔적들일 뿐이다. 인간의 역사는 태어날 때부터 고통을 짊어지고 그것을 해결해 나가는 과정인가 보다. 얼마나 지혜롭게 그 과정을 헤쳐 나아가는가가 가장 큰 숙제이리라.

죽음도 다만 그 과정 속에 있다. 우리는 지금 그 순환의 고리를 보고 있다. 태양을 모시고 황금의 땅에서 영원할 것 같았던 이들에게도, 침략을 했던 그들에게도, 어김없이 죽음은 찾아왔다. 그리고 우리도 언젠가는 죽을 것이란 걸 안다. 그러나 지금 이 순간에는 그저 먼저 간 잉카인들의 삶과 죽음의 과정을 헤아리고 있을 뿐이다.

주검이 이 정도로 잘 남아 있다면, 잘 살아낸 것이라고 말해주고 싶어진다. 리마의 성당 카타콤베에 있는 뼈들이 뜻하는 것은 결국 영원한 인간의 삶 아니겠는가. 그 뼈는 지금도 각각의 유전인자를 갖고 있겠지. 죽음은 이처럼 또 다른 삶이다.

박물관의 그 많은 황금 전시물 중에 왜 하필 이것이 눈에 남을까? 황금 손톱 끼우개라 해야 할까? 지금은 가짜 손톱을 미용으로 끼우는 시대이다. 그러나 이미 그때 손톱까지 황금으로 치장하며 멋을 부렸다니…. 도대체 황금이 그들에게 얼마나 중요한 것이란 걸 알고나 있었을까. 침략한 스페인 군대에게 방 하나를 황금으로 채워주겠다는 약속을 할 만큼 생산량이 어마어마했다고 하니, 지금 페루의 곤궁한 생활을 보면 그저 안타까울 뿐이다.

도시로 몰려드는 인구 때문에 리마도 몸살을 앓고 있다. 빈부 격차가 이곳도 만만치 않은 것 같다. 사업을 하는 사람들이 살고 있는 동네는 너무나 멋진 집들이 즐비하다. 바닷가 언덕 마을 미라플로레스에 새로 조성된 상업지역에는 관광객들의 발길이 끊이지 않는다.

맥도널드 가게는 젊은이들의 데이트 장소라고 한다. 페루 청년들은 열심히 돈을 벌어 아가씨와 맥도널드에서 햄버거를 먹어보는 것이 최대의 꿈이다.

음식 가격이 일반음식점의 3배나 된다고 하니 은근히 맥도널드를 향해 부아가 끓어오른다. 제대로 된 문화상품보다 이런 식으로 경제를 점령해 나가다니!

경제속국이 되는 과정 중의 한 단계다. 남의 나라 경제를 쥐고 흔드는 강대국들은 얼마나 더 배가 불러야 하는 걸까. 이 나라 후미진 골목들을 보니 다 같이 잘살아 갈 수는 정녕 없는 것이지 철없이 볼멘소리를 하게 된다.

미라플로레스 언덕 카페에서 커피를 마신다. 바다가 눈앞에 펼쳐진다. 햇빛을 받자 물결이 일제히 은빛 꽃잎을 피워 올린다. '꽃을 보아라, 아름다운 꽃'이란 아름다운 이름의 미라플로레스. 아마도 저 아름다운 모습의 바다를 두고 한 말이 아닐까. 커피향이 더욱 그윽하다.

잉카의 시간을 더듬어본다. 문자도 없었던 그들은 마추피추라는 엄청난 도시를 만들고, 지진에도 흔들리지 않는 성을 쌓았던 위대한 태양의 후손들이다. 하지만 지금은 경제가 어렵다. 시간은 이렇게도 무심하다.

'빨리 빨리'에 길들여진 우리와는 사뭇 다르다. 짓다만 건물들이 눈에 많이 띤다. 이유인즉 건물을 다 짓기 전에 미리 지진에 시달리며 내성을 갖게 하기 위해서이기도 하지만, 경제적으로 여유가 없어서 그런 것이라고도 한다. 한 층 올리고 몇 년 지나 또 한 층, 돈이 생길 때마다 짓는다.

지진대이다 보니 건물을 빨리 올리는 것보다는 견고함을 더 중요하게 여기는 관습 때문이겠지. 하지만 내가 보기엔 경제적인 이유보다 낙천성 때문이 아닐까 싶다. 긍정적으로 보면 그건 삶의 여유이기도 하다. 이런 여유로움을 우리도 좀 배워야 하지 않을까 싶다.

페루에서의 첫날은 곳곳에서 작달막하고 까무잡잡한 페루인들과 마주치는 일에 마음을 쏟게 된다. 아직도 면면히 이어지는 그들의 핏줄이 오히려 반갑다.

한국음식을 먹으러 간다. 참 귀한 시간이다. 이 먼 곳까지 날아와 우리 것을 지키고 있다니. 그것이 삶의 수단이라 해도 너무나 감사한 일이다. 맛난 음식뿐만이 아니라 행복한 기분까지 함께 맛본 저녁 식사 덕분에 포만감이 두 곱절이다.

잉카의 황금 가락지를 낀 왕녀가 된 기분으로 페루의 두 번째 밤이 행복하게 저물었다. 내일의 페루는 또 어떤 모습일까. 전설처럼 다가오는 페루의 이 밤을 나는 신비로움으로 가득 채워본다.

26. 초리초스 언덕에서의 비상

- 페루 | 초리초스 언덕 -

where is

초리초스 언덕에는 사랑에 관한 가슴 아픈 전설이 있으며 그 전설을 재현하는 남자
가 바다에 몸을 날리며 돈을 번다.

PERU

리마

　콘도르의 비상인가, 나비의 날개 짓인가. 안개 자욱한 바닷가 언덕에서 바라보는 푸른 바다에 나이테를 그리는 고독한 추락이 있다. 이 세상에서 가장 강한 이데올로기인 '사랑'이 검은 그림자로 흔들린다.

　한 여인을 지키려한 순결한 영혼, 신은 그가 바다에 몸을 던져 사랑을 지키는 것이 그의 영혼을 구하는 길이라 여겼던 걸까? 쌀똥떼 프라일러, 그 젊은 수도자는 외로운 항해를 떠난다. 그리고 보이지 않는 섬을 찾아 콘도르의 날개를 펴고 가벼이 하강한다.

　이제 초리초스 언덕에는 파도소리 대신 슬픈 몸짓의 바람만이 남아, 말을 건넨다. 상처가 아무는데는 온 만큼 돌아갈 거리가 필요하다고, 그 거리에 서 보지 않은 자 침묵하라고.

　한때 그 거리에서 아프게 바람을 맞았던 내가, 상처받은 수도자의 가슴이 일으키는 바람으로 다시 아득함을 만난다.

초리초스 언덕, 이 언덕엔 전설이 있다. 전설처럼 한 남자가 수도사가 뛰어 내리는 것을 재현하며 돈을 번다.

젊은 수도자여! 당신은 지금 천국에 이르렀을 것이오. 영원한 이데올로기를 신봉한 아름다운 죄 덕분에.

"멀리 나는 항해를 하고 싶어요.

여기 있다가 가버리는 백조처럼 사람은 땅에 묶여 있어요.

그는 세상에 내지요.

가장 슬픈 소리를, 가장 슬픈 소리를

나는 거리보다 숲이 되고 싶어요.

예, 그렇게 될 거예요.

그럴 수만 있다면 분명히 그렇게 될 거예요. "

– 엘콘드 파사 노랫말 중에서 –

이 바위 언덕에 관해 전해져오는 전설이 있다.

'쌀똥데 프라일러'는 사랑하는 여인이 이복동생임을 알게 되자 수도자가 되었다고 한다. 여인은 그 사실을 모르는 채 남자가 돌아오기를 기다렸다. 그러나 아무리 기다려도 돌아오지 않자, 사랑의 아픔을 안고 떠날 결심을 한다. 수도자는 사랑하는 사람을 만나지 않고는 견딜 수 없어 돌아오지만, 이미 그녀는 이곳에서 배를 타고 떠나고 있었다. 그는 슬픔을 견딜 수 없어서 이곳에서 떠나는 배를 바라보며 바다로 몸을 던졌다.

그 후 이곳은 자살바위가 되었고, 그때를 재연하며 돈을 버는 사람이 있다. 수도사 복장을 한 '엘라로데 페르난도', 그는 하루에도 몇 번씩 목숨을 걸고 콘도르처럼 비상한다. 그리고 바다 속으로 뛰어든다. 사랑하는 예쁜 아기와 부인을 지키기 위해.

27. 아마존의 시원, 푸에르토 말도나도

- 페루 | 푸에르토 말도나도 -

where is

푸에르토 말도나도는 페루의 동부 아마존 강 지류에 있으며 아마존 정글이 가장 아름다운 곳으로 알려져 있다.

PERU

푸에르토 말도나도

'우주의 자궁 속으로 지금 들어가고 있구나' 나는 혼자 중얼
거렸다. 밀림지역이라 스콜이 지나가고 있다. 어제 내린 비로
물빛은 황토 빛깔에 가깝다. 이 시간을 혼미한 기억의 한 순간
으로 오래 간직하고 싶다.

리마에서 비행기를 탔다. 2시간여 지나 도착한 곳은 푸에르
토 말도나도 공항. 갈대 같은 풀을 엮어 지붕을 덮은 공항 안
의 작은 매점을 보니, 마치 기차 간이역 같다. 공항 바깥으로
나오니 후끈하고 습한 열기가 확 끼쳐온다. 조용한 말도나도
의 시골 풍경이 정겹다.

푸에르토 말도나도는 아마존 정글 중 가장 아름다운 곳으
로, '생태학적으로 잘 보존되어 있는 밀림으로 중요한' 지역
이라고 한다. 비행기 안에서 내려다보니 아직 지구인을 숨 쉴
수 있게 해주는 밀림이 울울창창하다.

버스가 도착해 우리를 성모 강 '마드레 데 디오스'에 데려간다. 이곳이 바로 브라질로 흐르는 아마존 강의 시원始原이라 니! 이곳의 밀림을 정말 보고 갈 수 있는 걸까? 흥분된다. 버스는 창문에 아예 유리가 없다. 워낙 강수량이 적은 페루라지만, 혹시 스콜이라도 지나가면 유리창이 없어 비를 어찌 피하나 싶다. 그러나 에어컨보다 더 시원한 바람이 통하니 기분이 상쾌하다.

시골풍경이 지나간다. 시장도 있고 초등학교도 있고 식당도 있다. 우리나라 1970년대 시골 모습 같다. 느리게 살던 그때, 물질이 부족해 늘 갈증을 불러오긴 했지만 정신의 풍요는 살가웠던 때였다. 먼지를 뒤집어 쓴 상가들을 바라보니 왠지 마음이 짠하다. 저들도 아마 우리처럼 옛말하는 날이 반드시 올 것이다.

가벼운 짐만 챙겨들고 긴 모터 카누에 오른다. 이렇게 두 시간 가량 강을 가로질러 가야한단다. 배의 중심을 잘 잡아야 한다고 누누이 강조한다. 이크, 강에는 소도 잡아먹는 '삐라냐' 라는 물고기가 산다나? 겁을 주니, 좁은 카누에 앉아 몸이 굳어지려고 한다.

흐르는 강물은 참으로 도도하다. 가도 가도 끝이 없을 듯하다. 옆자리에는 캐나다에서 온 젊은 청년 둘이 앉았다. 소아마비로 두 다리를 못 쓰는 동생과 형이 함께 여행 중이란다. 동

Photo review 🏷

1 한적한 시골길에 삼륜 오토바이가 교동수단으로 쓰인다 2 시장의 상가들로 마치 우리나라 1960년대 같다

Photo review

1 강을 건너 더 깊은 밀림지역으로 가기 위해 이용하는 카누   2 프에르토 말도
나도 밀림지역의 롯지의 숙소들

생과 형의 표정이 너무나 밝다. 아름다운 동행이다. 인연이 좋은 형제를 다시 한 번 바라본다.

우주의 자궁은 깊고도 깊다. 물결만 바라보면 곧 어지러워진다. 강폭이 300m나 된다는 성모강, 강 양옆으로는 원시림이 빼곡하다. 강을 따라 불어오는 바람을 얼굴에 비비며 카누와 함께 흘러 흘러간다. 그렇게 두 시간 남짓 강물과 숲과 하늘과 내가 하나가 되었다.

롯지에 짐을 푼다. 이 깊숙한 곳에 이런 훌륭한 숙박시설이 있다니! 놀랍다. 그러나 한편으로는 보호되어야 하는 밀림을 문명인이라고 하는 우리가 더 훼손시키는 것은 아닌지 걱정이 되기도 한다. 어쨌든 밀림에 살짝 들어와 있다는 것만으로도 흥분이 된다. 나 선생은 '별이 빛나는 밤을 기대하라'고 하지만 우리는 흐린 하늘 때문에 걱정이 태산이다.

짐을 풀고 난 후에 카누를 타고 다시 강을 건너 밀림 속을 탐구하러 떠났다. 원숭이가 사람 오기를 기다리기라도 했다는 듯이 가져간 먹이를 순식간에 낚아채 간다. 으스스하다.

일행을 잃으면 찾기도 힘들 것 같은 원시림 속에는 갖가지의 식물과 나무들이 자생한다. 원주민 아저씨가 아름드리나무를 칼로 쓰윽 베어보니 마치 피가 흐르듯 나무의 몸에서 하얀 진액이 흐른다. 오랜 세월 동안 서 있었을 저 나무들이 인간의 냄새가 싫다며 우리를 밀어 내지는 않을까. 끈끈이주걱을 내밀어 나를 끌어당기지는 않을까. 별 쓸데없는 생각을 하며, 모기와 전쟁을 벌이며 걷는다.

걸어 다니는 나무가 있단다. 물을 찾아 나무가 조금씩 움직인다는 것이다. 그래서 그런 이름이 붙여졌다고 하니, 자연의 지혜에 탄성이 절로 나온다. 언제 또 이런 밀림 속을 거닐어 볼 것인가. 하늘이 보이지 않을 정도로 우거진 원시림에서 팔을 벌려본다. 마음으로 가없는 둘레를 만들어 가슴에 담아본다. 물가 숲 속이어서인지 더위는 별로 느껴지지 않는다.

여장을 푼 밀림의 방 이름들은 밀림 속에 사는 뱀과 새 이름이다. '보아 뱀' 방에 여장을 풀었다. 밤 열 시면 자가발전을 끄니 전기불로 방을 밝힐 수가 없단다. 자연에 순응하는 본래의 모습으로 돌아가야 할 시간이다.

일찍 저녁을 먹고 새소리, 물소리, 나뭇잎 흔들리는 맑은 소리 한가운데 서 본다. 온갖 소음들이 귓속에서 사라지지 않는다. 자동차 소리, 텔레비전 소리, 비행기 소음, 이런 소리들 속에 내가 갇혀 살고 있었구나. 음악마저도 결국은 소음처럼 내 귀를 시달리게 했다니!

가장 단순한 소리인 새소리, 물소리가 마음을 내려놓게 한다. 더없이 단순해지는 내가 된다. 단순하게 며칠만 더 묵을 수 있다면 밀림 속 꽃들이 벙그는 소리까지 들을 수 있지 않을까?

밤이 되자, 흐렸던 하늘이 개이면서 하늘에서 푸르다 못해 희고 그윽한 빛이 내려온다. 눈이 시리도록 내리꽂히는 별빛 보석의 장원이다. 환호보다는 차라리 침묵해야 할 순간이다. 잠시 눈을 하늘에 꽂은 채 별빛으로 나를 채운다. 그리고 발원한다. 언제 어디서나 저토록 조용히 빛나게, 환하고 푸르게.

그 밤 촛불로 어둠 속에 길을 내며, 어미의 깊은 자궁 속에서 내가 영글어졌듯이 우주의 자궁 같은 곳에서 나의 내면의 씨앗은 여물어 갔다.

28. 코리칸차에 입 맞추다 - 페루 | 쿠스코 _ 코리칸차 -

where is

코리칸차는 쿠스코에 있는 신전으로 잉카시대에 태양신전으로 사용되었다. 1650년 대지진이 일어났을 때도 버텨낸 코리칸차는 잉카 건축술의 위대함을 보여준다.

쿠스코

쿠스코, 붉은 지붕들 위로 불빛이 마치 보석처럼 빛난다. 잉카의 전설 속으로, 물처럼 나는 스며들고 있다. 겨우 오백년 정도 지난 잉카 시대가 이처럼 전설처럼 느껴지는 이유는 무엇일까. 오랜 기다림 때문일까.

높은 고도 때문인지 밀림지역 말도나도의 밤보다 기온차가 커서 춥게 느껴진다. 쿠스코의 지형이 해발 3400m나 되다 보니, 고산증 때문에 머리가 어질어질하고 속이 메스꺼워 울렁거린다. 기운이 쭉 빠진다. 몽롱해지는 정신을 가까스로 추스르며 창밖의 어둠에 눈길을 멈춘다.

'쿠스코, 코리칸차' 이 말들이 주는 어원 자체가 신비스럽고 아득하다. 쿠스코는 '세계의 배꼽'이라는 뜻이란다. 우주 안의 작은 별인 지구, 그중에서도 이곳이 중심이라는 생각을 페루인들이 갖고 있었기 때문이리라. 코리칸차는 문자는 없고 언어만 있던 잉카인의 언어 캐추아 말 그대로 '황금 정원'을 뜻한다.

코리칸차의 옛 모습은 넉넉한 황금으로 벽을 장식한 태양의 신전이었으니, 이곳에 머물던 이들은 그대로 빛나는 황금의 잉카들이었을 것이다. 잉카의 옛 도시 쿠스코, 영화로웠던 황금의 도시답게 불빛은 금빛으로 반짝인다. 마치 지금도 온 거리가 금가루를 뿌려놓은 듯하다.

길거리 바닥의 돌 하나 하나, 집을 받치고 있는 오래된 잉카의 주춧돌, 하얀 벽의 이층집 작은 발코니의 꽃들, 우리와 피부와 얼굴 모양이 닮은 인디오, 그들을 본다. 은장도를 품고 살았던 우리 할머니가 쪽 지을 때 삼단 같은 머릿결을 땋아 내리듯이 길게 땋은 검은 머리칼의 인디오, 오래전부터 이곳과 한 몸이었을 것 같은 느낌이다.

쿠스코 아르마스 광장에는 다른 도시의 성당과는 빛깔도 사뭇 다른 성당이 위용을 자랑하고 있다. 성당이 가뜩이나 어지러운 머리를 더욱 압도한다. 스페인 풍 남미의 다른 성당들과는 달리 황토색의 붉은빛을 띠고 있다. 그리고 보니, 쿠스코 시내 집들의 지붕들은 모두 똑같이 황토색 기와로 지어졌다. 나지막한 건물들이 위압적이지 않고 다정하다. 도로도 바둑무늬 돌들로 이루어져 전통 깊은 도시라는 것을 잘 드러내고 있다.

무엇인지 모르게 높낮이로 흔들리는 감정처럼, 이곳의 체감 기온은 춥다. 그러다가도 햇볕 가운데만 서면 다시 따듯한 기운이 감돈다. 쿠스코에서 느끼는 가늠할 수 없는 중압감이 마음을 깊게 한다. 고산증도 한 몫 거드느라 발걸음을 점점 더 무겁게 한다.

잠시 눈을 돌려 하늘빛에 다시 감동한다. 남미여행 내내 저 하늘과 사랑에 빠졌었는데 이곳 쿠스코의 하늘은 더없이 나를 잡아끈다. 어쩌란 말이냐 하늘아! 물들고 싶은 하늘과 연둣빛 산 그림자, 그리움으로 아득했던 쿠스코 도시의 붉은 빛깔들로 더 없이 행복하다.

코리칸차 산토도밍고 성당에 들어선다. 스페인 정복자들은 태양의 신전인 코리칸차를 산토도밍고 성당으로 만들어 버렸다. 그리고 스페인 침략자들이 세운 건물은 지진 때문에 허물어져 다시 세웠다고 한다. 그렇지만 옛 잉카인들이 세운 코리칸차의 주춧돌은 아직도 남아있어 잉카인들의 지혜와 뛰어난 건축문화를 보게 해준다.

산토도밍고 성당 문 앞에 전통의상을 입고 관광객을 상대로 모델이 되어주는 잉카의 후예는 코리칸차의 침묵을 아마도 핏속에 간직하고 있을 것이다.

산토도밍고 성당에 전시되어 있는 잉카의 유물들을 돌아본다. 이곳 유물들을 보다 보니, 우리 신라인들의 돌 만지는 솜씨가 얼마나 뛰어났는지 잘 알 수 있었다. 코리칸차의 정교함에 견주어 봐도 석굴암의 부조와 형상들은 석조 예술의 극치라 여겨진다. 석굴암의 십일 면 관음보살상의 부드러운 곡선을 떠올려본다. 마치 천으로 만든 것처럼 하늘하늘 날리는 치맛자락이며 흘러내리는 옷자락을 지금도 만지고 싶고, 입어보고 싶지 않은가.

일제에 의해 다시 만들어지기 전 석굴암의 기술적 가치는 또 어떠한가. 타지에 와서 오히려 우리 신라의 찬란한 문화에 흥분이 더 된다. 이 나라 문화 유적을 보며 감탄을 하긴 하지만, 그와 비견되는 우리 문화의 고졸한 품격을 알게 되니 한층 더 기쁘다.

쿠스코를 중심으로 한 대개의 도로들은 산을 타고 만들어졌다. 그래서 '챠스키'라는 파발꾼들이 다니는 소로를 중심으로 한 도로망이 골목골목 형성되어 있다. 바퀴를 이용한 수레가 다닐만한 도로망도 없다. 바퀴를 끌 큰 동물이 없으므로 마차도 없었다는 잉카인들이 과연 저 어마어마한 돌들을 어찌 운반해 이런 거대한 것들을 지어냈을까?

무려 6톤에 가까운 돌을 12각으로 다듬어 주변의 돌들과 맞물리게 한 솜씨는 과연 신비 그 자체다. 침략자들은 이렇게 놀

지진에도 견뎌내는 잉카시대의 주춧돌이 남아 있는 집들

라운 잉카인들의 석조건물들을 허물어 스페인식 건물을 짓는
데 바닥재로 썼다고 하니, 참으로 안타까운 세월의 흔적이다.
잉카인들은 단단하고 거대한 돌을 마음대로 다루는 불가사의
한 힘을 갖고 있었던 것 같다.

　스페인 정복자 프란시스코 피사로Francisco Pizarro는 1533
년 카하마르카Cajamarca로 진격해 아타왈파 왕을 감금한 후
풀어주는 대가로, 금을 방 가득 채워달라고 했다고 한다. 정복
자 피사로는 어리석은 아타왈파 왕이 금을 주는 대로 찌그러
뜨려 부피를 줄였다고 한다. 금으로 방을 가득 채우려면 도대
체 얼마나 많은 양의 금이 필요했겠는가. 결국 6톤이나 되는
금을 모아주고서도 잉카의 왕은 죽임을 당하고 말았다.

　그러나 피사로 역시 영화를 누리지 못하고, 동업자로부터 6년

뒤에 처참하게 암살을 당했다고 한다. 리마 시 성당에는 침략자 피사로의 시신도 버젓이 누워 있다고 하니, 참으로 아이러니 하다.

역사는 언제나 승리한 자들의 전유물이다. 침략자들은 이렇게 훌륭한 문화유산을 가진 페루 인들을 어리석은 사람들이라며 하찮게 여겼다. 한 손엔 성경, 한 손에 칼을 들고 나타난 침략자들 때문에 이곳인들 무탈했겠는가.

쿠스코에 쳐들어왔을 때, 피사로는 선교사를 내세워 하느님을 알리려 했다고 한다. 그때나 지금이나 가해자들은 언제나 자신들이 하는 일은 모두 옳다고 우겨댄다. 침략자 피사로 역시 태양신을 섬기는 잉카에게 자신의 것을 강요한 가해자였다.

'선교사가 왕에게 성경을 주자 글을 알지 못하는 왕은 성경이 무언지 모르고 던져버렸다. 그걸 보고 화가 난 피사로가 왕을 감금했다'고 한다. 이 이야기가 스페인 역사서에 적혀 있다니 참으로 믿기 어려운 일이다. 어쩌면 왕은 침략자들이 종교를 강요하자 그들에게 당당해지고 싶어서 그런 행동을 한 것은 아니었을까.

쿠스코에서는 더 없이 신과 인간에 대해 알고 싶어진다. 신도 인간이 창조해 낸 가장 훌륭한 문화유산 중의 하나라는 말에 은근히 동의하고 싶다.

Photo review

1 인띠라이미 축제, 삭사이와망에서 벌어지는 축제 모습과 멀리 쿠스코 시내가 한눈에 들어온다 2 2008년의 태양축제 모습으로 쿠스코의 코리칸차 광장에서부터 시작된다 3 스페인 식 건물들로 식민지 시대의 산물들 4 인형들

화폐가 없을 때 끈으로 매듭을 묶어가며 돈 대신 사용했다고 하는 페루는, 그래서 그런지 오래 전부터 직물산업이 발달했다. 사람들은 천의 짜임을 말할 때, 실의 굵기를 측정하는 단위인 '수'를 쓴다. 그런데 잉카시대에 그들은 이미 직물을 가장 가늘게 짜는 현대와 같은 기술을 가지고 있었다고 하니, 놀랍기만 하다. 이 또한 잉카인의 놀라운 지혜 중의 하나다.

뿌까 뿌가라

붉은 요새라고 불리는 이 '뿌까 뿌가라'는 쿠스코의 외곽 수비를 담당하던 요새다. 북쪽에서 침입하려는 세력을 검문하고 막아내기 위해 쌓아진 이곳은 예전에 쓰인 돌들이 붉은색을 띠었다고 하지만, 지금은 그 자취만이 남아 있는 정도이다.

스페인 군대를 물리치기 위해 이 요새에서 엿새 동안 버텼다는 산꼭대기에는 피비린내 나는 옛 흔적은 사라지고 노란 들꽃만이 바람과 함께 미소 지으며 나그네를 반긴다. 고산증세 때문에 걸음도 천천히, 호흡도 천천히 한다.

지구 반대편에는 이토록 다른 문화를 가진 사람들이 살고 있다. 이들에게는 우리가 더러 잊어버린 인정스럽고 따뜻한 가슴이 아직 살아있음을 본다. 물론 어마어마한 범죄 이야기도 들린다. 경제가 힘들어서일 것이다. 어디나 근본적인 먹고

Photo review

1 코리칸차 앞에 전통의상을 하고 앉아, 모델이 되어 주고 돈을 요구한다 2 뿌까뿌까라, 이곳은 적은 인원으로 스페인 침략자들을 6일간의 대 접전으로 버텨내었던 장소다 3 탐보마차이, 용천수의 샘으로 '물의 신전'이라고도 한다

사는 일이 해결이 안 될 때 이렇게 범죄행위가 성행할 수밖에 없으리라.

한편 우리가 열망하는 느리게 사는 삶의 모습을 이곳에서는 제대로 볼 수 있다. 가내공업을 한 물건들을 한 보따리씩 쌓아 놓고 관광객을 상대로 팔려고 하는 아낙과 아이들이 버스 앞에 우르르 몰려든다. 젊은 아낙이 들고 있는 물건 값을 흥정한다.

가난한 이들의 삶의 모습을 보며 흥정하는 일이 안타깝기도 하다. 하지만 이곳 화폐가치로 보거나 물건 값을 보면 그렇게 하지 않을 수도 없으니, 내 그릇에 내가 부끄러워진다. 미안한 마음을 감추려고 젊은 아낙을 힘껏 안아준다. 아낙은 오히려 함박웃음을 내게 안겨준다. 나와 전혀 다른 사람들과 아무 거리낌 없이 체온을 나눈다는 것이 얼마나 행복한 일인지 모른다. 내 안의 분별심을 덜어내니 마음이 깃털처럼 가벼워진다. 선입견이 사라졌음이다.

나와 다른 것은 아무것도 없다. 지구 위에서 멀리 떨어져 살아가며 구사하는 언어습관이 다를 뿐이다. 물건을 들고 올망졸망 따라오는 아이들에겐 사 줄 물건이 없는 것이 미안해 사탕을 손에 쥐어 준다. 어머니를 따라 나와 하루 종일 뙤약볕과 바람에 시달려 얼굴이 까맣게 그을리고 땟국이 졸졸 흐르는 아이들. 코끝이 시큰해진다.

땀보마차이 오르는 길에 만난 기념품을 파는 페루 여인

밭일하던 어머니를 따라 들에 나가 도마뱀을 만지며 놀고, 메뚜기를 잡고 산딸기를 따느라 송골송골 코끝에 땀방울이 매달리던 어릴 적 내 모습과, 하루 종일 허리 펼 시간도 없이 밭고랑에 붙어 있던 어머니가 생각난다.

이 먼 페루에 와서 시간도 공간도 없이 녹화된 비디오테이프처럼 생각이 맞물려 돌아간다. 마음속에 언제 어디서나 꺼내볼 수 있는 드라마가 가득하다니, 만질 수도 볼 수도 없는 마음이란 놈이 참 신기하기도 하다.

땀보마차이

경사가 완만한 길은 길게 이어져 있다. 한발을 내딛기가 힘겨운 고산증세를 이겨내며 기어이 오른다. 내가 이 나라에 오기를 얼마나 고대했던가. 왠지 신의 허락 없이는 올 수 없을 것 같던 이 도시에 지금 내가 와 있다. 고산증세쯤이야 마음으로라도 이겨내야겠지. 해가 저물어 가는 산등성이를 굼벵이처럼 오른다.

태양도 피곤했는지 산 위로 몸을 숨긴다. 성스러운 샘이라 불리는 땀보마차이는 지하에서 솟아오른 쿠스코 지역에서의 첫물이라는 의미로 왕만이 사용하는 특별한 샘이었다고 한다. 이곳에서 물의 신에게 제사를 지내던 제단의 흔적이 아직 남아 있다.

이 샘의 윗부분에 특별히 높은 산이 없는 것을 보면, 이 물은 지하에서 솟아오른 용천수의 성격이 강하다고 추측을 하고 있다. 페루의 강수량이 일 년에 10mm 정도이니, 이곳에 사시사철 물이 마르지 않는다는 것이 신기하다. 당연히 왕 혼자 사용하는 샘물이 될 수밖에 없었을 것이다. 땀보마차이 샘물의 정령은 아직도 잉카의 혼을 기억하고 있을 것이란 생각이 든다.

삭사이와망

그립던 낯선 곳. 몸은 천근에다 어둠은 자꾸 가깝게 다가오는데 삭사이와망의 침묵을 만나러 간다. 고산증세는 이제 올 때까지 온 것인지, 한 걸음 내딛는 것이 천근처럼 무겁다.

삭사이와망은 쿠스코를 가장 가까이서 지키는 요새다. 그리고 잉카인들이 태양신에게 재를 지내는 인띠라이미를 거행하는 곳이기도 하다. 스페인 정복 후 폐허가 되어 오랫동안 방치되었음에도 불구하고 삭사이와망 유적지는 여전히 요새로서의 모습이 늠름하다.

넓은 들판에 커다란 돌들이 3층으로 쌓아 올려져 있다. 여러 번의 굴곡을 만들어 가며 360m나 이어진 이 요새의 높이가 무려 5m나 되며, 하루에 약 3만 명이나 동원이 되어 8년에 걸쳐 쌓았다고 하니, 과연 이 신전의 역할이 얼마나 당당한 것이었을까. 이들 바위 역시 잉카인들은 그들 특유의 건축술로 바늘 하나 들어갈 틈이 없이 촘촘히 맞춰 쌓아 놓았다.

6월 21일부터 24일이(페루의 동지 절기) 쿠스코와 마추피추의 제사 기간이었기에, 이제는 24일로 못 박아 인띠라이미 행사는 삭사이와망에 와서야 마지막 제전을 펼친다. 잉카의 제의 행사인 이때 왕의 복장을 한 사람을 의자에 태우고 거리를 행진한다. 인띠라이미는 코리칸차를 시작 지점으로 중앙광장에서 한 바퀴를 돌며 노제 형식으로 행진을 계속하다가 삭사이와망으로 올라와 이곳에서 모든 행사를 치른다.

한해 농사의 풍작을 기원하며 태양에게 바치는 제의로 '야마'를 잡아 피가 흐르는 심장을 바치며 각 지방의 민속춤들이 곁들여진다. 쿠스코 수도 지방의 제사 형식의 춤부터 뿌노 지방의 태양의 신과 달의 신을 형상화 한 춤, 락치 지방의 처녀 총각의 사랑놀이 춤도 있고, 친차라고 부르는 해안지방으로 이주해온 아프리카 노동자들이 전해온 아프리카 쪽의 리듬까지 합쳐진 춤까지 다양하게 공연이 이루어진다. 이 제의는 이제 관광객을 끄는 하나의 문화행사로 자리 잡아가고 있다. 이때 각국의 관광객들은 물론 페루인이라면 누구든 삭사이와망에 모두 집결하게 된다.

삭사이와망 요새에서 쿠스코 시내를 내려다본다. 내밀한 이야기들이 묻혀 있을 것 같은 저 아래 붉은 지붕들. 가로등 불빛인지, 가난하지만 행복한 집 창문에 어리는 불빛인지 마치 별빛처럼 반짝이며 따스해 보인다. 도시계획이 잘된 신도시처럼 가로 세로가 정연하여 불빛 또한 그 길을 따라 질서 있게 흐르고 있다.

빨리 저 아래 불빛을 만나러 가고 싶다. 혹 잉카(깨추아어로 '왕'이란 뜻)가 황금 가면을 쓰고 나를 맞으러 나오지 않을까. 혼돈을 가중시키는 밤의 황홀함이 반갑다. 쿠스코의 언덕길이 나의 혼돈처럼 구불구불 기우뚱거린다.

29. 마추피추, 그곳에선 나를 놓아라

- 페루 | 마추피추 -

where is

페루 남부 쿠스코 북서쪽에 있는 잉카 유적으로 아름다운 열대우림을 자랑하는 옛
잉카제국의 비밀 도시다.

쿠스코

　페루에서의 시간은 갈수록 이유 없이 고독을 밀고 온다. 저녁을 먹으며 들었던 안데스의 바람소리가 못내 아쉽다. 그믐달 뜬 이 밤에 삼뽀냐(팬플루트와 비슷하다. 팬플루트-여러 개의 관을 이어 엮은 피리의 일종)와 봄보(장구와 비슷한 악기), 차량고(만돌린 같은 악기)와 어우러진 께나(우리의 단소와 비슷한 안데스음악에 쓰이는 악기이다)의 울림이, 아득한 마음을 끌어내어 살살 흔들어대니 끝내 속눈썹이 가늘게 떨린다.

　강렬하고 투명한 햇볕에 까맣게 그을린 작달막하고 까만 머리 안데스의 인디오, 그들의 호흡에선 깊은 슬픔의 운율이 바람처럼 강물처럼 흐른다. 연약해 뵈다가도 강하고, 강하다가도 부드럽고, 부드러운 듯 슬프다. 그들의 라이브 저녁 공연음악을 들으며 잠자리에 든다.

　경쾌한 슬픔으로 가슴이 저려온다. 들춰본다. 기억의 저 밑바닥에 있는 듯 없는 듯 슬쩍 걸쳐진 미쳐 쓸어내지 못한 아린

감정들…. 께나의 울림통을 넘어 다가오던 외로움을 안고 잠시 뒹군다. 이불을 끌어올려 머리까지 뒤집어쓴다. 따라와 눕는 번뇌와 망상이 오히려 따뜻하게 느껴진다. 내일 만날 마추피추를 상상하며 잠을 청한다.

우루밤바의 아침이 상쾌하다. 바다 빛깔을 한 호텔 회랑 앞마당엔 오렌지가 주렁주렁 열려있다. 인간의 마을에 흐르고 있는 시간성이란 과연 어떤 것일까를 생각하게 하는 마추피추, 기다림으로 설레던 그 숨결을 기차를 타고 가서 만난단다.

욜란타이 탐보 기차역엔 여행객들로 장사진을 이룬다. 나도 그곳에 한 사람이 되어 있었다. 지금 여기가 도대체 어디인가. 내 발밑을 자주 확인하게 된다. 푸른 초원과 눈 쌓인 안데스의 높은 산봉우리를 옆에 두고 기차는 움직인다.

강원도 옥수수 알의 배나 되는 크기의 페루 옥수수 알을 뜯어 입에 넣으며, 우루밤바 강물에 눈길을 보낸다. 비가 온 뒤라 강물이 황토 빛으로 흐른다. 우렁우렁 맹수의 포효처럼 강물이 따라온다. 안데스 산맥으로부터 흘러내리는 우루밤바 강물은 마치 파도치듯 성난 모습으로 기차보다 더 빠르게 주저 없이 질주한다.

안데스 산줄기를 따라 마치 세상의 온갖 번뇌를 휩쓸고 가는 것 같다. 원주민들은 이렇게 사납게 요동치며 흐르는 강물을 '야와르 마유(피의 강)'라 했다. 원주민들의 분노와 절망이 아직도 흐르는 듯 강렬한 물소리다. 내 번뇌도 슬쩍 강물에 내려놓고 유정한 햇볕에 기댄다.

바다가 아닌 산에서도 소금이 생산된다는 산줄기를 돌아간다. 낮은 땅에서만 소금이 생산되는 줄 알았더니 저 높은 산줄기에서도 소금이 흘러내린다. 세상엔 내가 모르는 것들이 얼마든지 존재한다. 그 모르는 것들이 결국은 우주 속에 다 포함되어 하나를 이루고 있는 것 일 게다. 그 속에 나도 존재한다. 스스로가 위대한 존재임을 확인해 본다.

시장통을 지나간다. 시장은 어느 곳이든지 구경거리가 많다. 검은 머리를 땋아 내린 할머니의 모습이 페루의 깊숙한 곳이란 걸 느끼게 해준다. 마추피추를 오가는 미니버스로 갈아탄다. 구불구불 산길을 오른다.

우루밤바 강물이 산 아래 까마득히 또 다른 길을 내며 흐르는 것이 보인다. 가슴을 가로막는 높은 산들이 어깨를 겨누며 나타난다. 산 아래 깔리는 구름도 산그늘의 푸름도 내가 보는 이 모든 것들이 다시 사람의 마을에 전설로 잉태되는 것 같다.

자연 앞에 사람이 가장 초라한 모습이 아닐까 생각해본다. 멀리 연초록 속에서 신비의 미소를 살짝 보내오는 그와 나의 오랜 그리움이 해후를 한다. 한발 한발 천천히, 고산증세를 이기며 은밀히 눈길을 주고받는다.

마추피추 가는 길에 만난 여인들

구름도 콘도르도 숨을 고를 듯한 마추피추! 그대로 장엄한 대서사다. 와이낫 피추 봉우리가 눈길을 먼저 이끈다. 마추피추의 계단식 밭이 아슬아슬하게 나타난다. 깎아지르게 급한 경사를 이룬 이곳에서 밭을 일구고 농사를 지었다니, 말을 잊는다. 길을 오르기도 이리 힘이 드는데 저 많은 돌을 쌓아 어떻게 신전을 만들고 집을 지은 것일까. 농사는 어찌 지었을까. 인간의 힘이 아니라 신의 능력은 아니었을까.

마추피추 〈늙은 봉우리〉보다 더 높아 보이는 봉우리의 와이낫 피추 달의 신전 〈젊은 봉우리〉가 아득하다. 달의 신전을 오르려면 신고를 하고 올라야 한단다. 너무 가파르기에 어두워지면 내려올 수가 없단다. 이렇게 힘든 길을 '잉카 트레일' 트레킹으로 오르는 이들은 얼마나 감동적일까.

잠시 푸릇한 잔디밭에 앉아 잃어버린 시간 속에 나를 놓아 본다. 한눈에 내려다보이는 잃어버린 도시, 그야말로 공중도시인 마추피추를 눈으로 가득 담는다.

마추피추의 유적은 평균 2,350m정도 높이에 산재되어 있다. 마추피추 봉우리는 육안으로 높게 보이는 와이낫 피추 보다 실은 350m가 더 높은 3,050m다. 눈앞에 먼저 보이는 와이낫 피추가 우뚝 서 있으니 그리 느껴지는 것이라고 한다.

1865년 이탈리아 탐험가 안또니오 라이몬디는 처음으로

'마추피추' 라는 지명을 지도에 남겼다. 또 1875년에는 프랑스인 샤를로 비너가 오얀따이땀보에 왔다가는 마추피추에 유적이 있다는 것을 알게 되지만 탐사는 이루어지지 않았다. 누군가는 이미 유적에 올라가 버젓이 이름을 새겨놓기도 했다고 한다.

미국의 하이램 빙엄은 원주민들의 도움으로 1911년 7월 수풀에 덮여있던 이곳을 탐사하였다. 그리고 이곳을 알리는데 공헌하였다. 빙엄은 이곳을 찾은 것만으로도 이생에서 더없는 업적을 세운 사람이다. 그가 무슨 목적으로 이곳에 올랐는지는 제쳐두고라도 세계의 많은 사람들을 감동케 하는 것만으로 그는 인류에 대단한 복을 지은 사람이다.

마추피추를 두고 의견이 분분했단다. 1.피난처, 2.휴양지, 3.요새, 4.신전 등 논란이 분분하나 발견 당시 시신 109구 중에서 105구가 여자 시신인 것으로 보아 신전이었을 것이라는 설에 무게가 실리고 있다. 총면적이 5㎢로 도시 절반가량이 경사면에 세워져 있고, 유적 주위는 성벽으로 견고하게 둘러싸여 완전한 요새의 모양을 갖추고 있다.

마추피추는 산꼭대기에 건설되었기에 아래에서는 절대 보이지 않는다. 그래서 이곳의 존재를 알 수도 없었고 접근조차 어려웠다. 마추피추 주위의 산봉우리들도 거의 같은 높이로

마추피추를 오르는 길에서 바라본 풍경, 저 멀리
우루밤바 강이 아마존을 향해 굽이굽이 흐른다

겹겹이 둘러쳐져 있다. 산정과 가파르고 좁은 경사면에 들어서 있어서 스페인 정복자들의 파괴의 손길이 닿지 않은 유일한 잉카 유적이기도 하다.

정확한 건설 연대는 알 수 없으나 최근에는 15세기 중반 잉카 9대 황제인 빠차꾸떽의 명으로 지어졌다는 설로 받아들여진다고 한다. 이곳에는 태양의 신전, 산비탈의 깎아지른 계단식 밭, 지붕 없는 집, 농사를 짓는데 이용된 태양 시계인 인띠와따나Intihuatana, 콘도르 모양의 바위, 죄수를 가둔 감옥 등이 남아있다.

마추피추에서 가장 눈길을 끄는 건 수준 높은 건축 기술이다. 커다란 돌을 다듬는 솜씨가 상당히 정교하다. 각 변의 길이나 모양도 제각각인 돌들을 정확하게 잘라 붙여 성벽과 건물을 세웠다. 종이 하나 들어갈 틈도 없이 단단히 붙어 있다.

곡선으로 건축된 태양의 신전 또한 그 시대로서는 독특한 건축 기술이다. 젖은 모래에 비벼 돌의 표면을 매끄럽게 갈았다고 후세 사람들이 전한다. 가파른 산비탈에 계단식 밭을 만들어 경작하고 여기에 배수시설까지 갖춘 이곳, 저 무겁고 커다란 돌들을 대체 어떻게 옮겨 작업을 했을까. '불가사의'란 단어가 있다는 것이 감사하다. 2007년 세계 7대 불가사의에 들어 그 가치가 더욱 빛난다.

마추피추 신전으로 들어가는 문은 이토록 넓은 지역에 오직 하나, '태양의 문'만이 존재한다. 이곳에서 생활하던 신녀들을 포함한 모든 사람들이 함부로 드나들 수 없는 처지였을 것 같다. 우리의 옛 상궁 나인들 역시 궁궐에 들면 평생 밖을 나갈 수 없었던 것과 다를 것이 없었던 것 같다. 죄인을 가두는 감옥까지 갖추어져 있는 것으로 보아 엄격한 통제가 이루어진 것은 아닌가 하는 생각이 든다. 신전을 건설하느라 얼마나 많은 희생이 따랐을까? 생각하면 마음이 아프다.

이제 긍정으로 가보기로 하자. 그들이 있었으므로 오늘의 이런 감동도 있는 것이니. 이곳 태양신전에는 뱀, 자칼, 콘도르의 상징물들이 있다. 이 세 가지 동물들은 잉카인들의 삶의 상징이라고 한다. 3개의 돌계단이 상징하는 것이나 그들이 숭배하는 세 가지 동물의 의미, 모두 그들 삶 속의 한 형태이리라.

잉카인들은 미래, 현재, 지옥이라는 3분법적인 우주관을 가지고 있었다고 한다. 뱀이 상징하는 것은 지옥의 세계이며, 자칼은 현재를, 콘도르는 저 높은 곳의 미래를 뜻한다고 한다. 태양을 숭배하는 그들의 믿음에는 단순 간결하면서도 범접치 못할 금기가 있었다. '일하라, 공부하라, 사랑하라'라는 긍정의 힘과 '게으르지 말라, 도둑질하지 말라. 거짓말하지 말라'

라는 준엄한 3가지씩의 가르침이다. 이것은 그때나 지금이나 누구에게나 확고한 가르침이다. 더 이상 무슨 말이 필요할까.

태양을 묶어 둔다는 인띠와따나의 돌에는 아직도 우주의 기운이 도는지 자석처럼 내 손을 끌어당긴다. 그들의 염원처럼 인띠와따나는 태양 에너지가 아직도 충만한 듯하다. 춘분, 추분 때 태양이 정확히 이 바위 위에 도달하면 바위 위에 세워져 있는 작은 기둥의 그림자가 사라진다고 한다. 농사를 짓는 이들에게 일종의 해시계나 천체관측 역할을 한 것으로 추정되며, 태양을 숭배하던 이들에게 하나의 신물로 여겨졌을 것이라고 생각된다.

구불구불 오르내리며 신전과 계단식 밭과 요새를 둘러보느라 시간 가는 줄 모른다. 그림엽서 속에서나 존재할 것 같았던 이 무한 감동의 대지에서 내가 존재해온 물리적인 시간들을 엮는 일은 물색없는 일인 것 같다.

저 푸른 풀들을, 침묵하는 저 돌들을, 그리고 여기에 묻힌 잉카의 영혼들을 한없이 느끼고 싶어진다. 태평양 바다처럼 구름 한 점 없이 쟁쟁한 하늘, 투명한 태양 아래서 인띠와따나에서 전해오던 기氣의 기운을 되살려 그들에게 내 체온의 파장을 전한다.

태양의 신에게 잉카인들이 발원했듯이 유정 무정의 영혼을 위해 기도한다. 두 팔을 콘도르처럼 펴 저 무한하고 아름다운 우주 속으로 전설이 되듯 나를 놓아버린다. 나를 놓지 않고서는 한 발자국도 걸어 나갈 수 없을 것 같은 소름이 돋는 진동을 경험한다. 영원히 멎지 않을 것 같은 떨림이 육신 마디마디 길을 내며 지나간다.

마추피추여! 내가 사는 마을의 시간이 다 하도록 그대와 마주 했던 푸른 눈빛을 결코 잊지 않으리. 아마도 미래에 다시 올 나에게도 이 기억의 회로는 지워지지 않을 것이다.

마추피추의 태양의 문, 마추피추로
들어가는 문은 오직 하나다

마추피추 정상Ⅲ*

네루다Pablo Neruda

쓸모없는 행동들의 곡창, 불쌍한 사건들의 곡창에서 옥수수처럼

인간의 영혼이 탈곡되었다.

참을성의 그 끝까지, 그리고 그걸 넘어서,

그리고 하나의 죽음이 아니라 수많은 죽음이 각자한테 왔다.

매일같이 아주 작은 죽음, 먼지 구더기

변두리의 지창에서 꺼진 램프 두꺼운 날개를 단 작은 죽음이

짧은 창처럼 각자를 꿰뚫었고

사람은 빵이나 칼에 묶이고

가축 치는 사람, 항구의 아이, 경작지의 검은 우두머리,

또는 붐비는 거리의 쥐새끼들한테 포위되었다.

모두들 낙담하여 죽음을 기다리고 있었다. 매일 매일의 죽음을

그리고 매일의 가혹한 불운은

그들이 손을 떨며 마신 검은 잔 같았다.

*네루다가 1943년 안데스산맥 꼭대기 마추피추의 폐허에 다녀와서 쓴 열두 편의 시 중 하나.

30. 우루스 섬의 눈동자 -페루|푸노_우루스 섬-

where is
우루스 섬은 강 위에 떠 있는 갈대섬으로 우루스 원주민들이 잉카를 피해 마련한
곳이다. 인디오의 생활터전이며 석탑묘로 잘 알려진 시유스타니 유적 등이 있다.

PERU

푸노

푸노로 가는 길은 부드러운 직선이다. 넓고 푸른 초원들이 눈을 시원하게 하다가도 느닷없이 만년설의 높은 이마가 선명하게 내 앞에 턱하니 나타나기도 하고, 옥수수 잎 바람에 서걱이는 들길을 지나기도 하고, 노란 유채꽃이 투명한 미소를 보내오는 마을을 지나기도 한다.

지구 한쪽에선 사람 목숨을 파리만큼도 여기지 않는지, 유일신의 이름을 내세워 평화를 외치며 밖으로는 무차별 공격으로 사람 생명을 하찮게 만드는 곳도 있다. 그러나 작은 동물인 알파카나 삐꾸냐 야마가 느리게 풀을 뜯는 이 초원은 지금 그런 것과는 무관하듯 시간이 가고 있는 곳이다.

안데스 전통 옷을 입고 물건을 파는 시골마을 장터를 지나기도 하고, 고산지역에 유일하게 있는 유황온천에 발을 담그기도 한다. 티베트로 향하는 칭짱 철로가 만들어지기 전에는 세계에서 제일 높은 곳에 기차가 선다는 라라야 역도 지났다.

해발 4,335m나 되는 고갯길을 넘느라, 다들 입술이 보랏빛 립스틱을 바른 것 같다.

한때 가난을 친구처럼 여기며 살던 우리 모습과 닮은 한 마을에 당도하니, 가슴이 서늘해진다. 이 길에서는 소리 없는 이야기들이 어느 경전보다도 더 거룩해서 그걸 읽어내느라 마음이 무엇보다 충만하다.

푸노 티티카카호수의 우루스 섬을 찾아오는 길은 쿠스코에서 자동차로 9시간이 걸렸다. 어둑해지는 호수 마을에 여장을 풀었다. 페루에 머물며 사람이 사는 지역으론 최고의 고산지역이 되는 푸노에 발이 닿는 순간이다. 3,850m 높이에서 사람들이 아무렇지도 않게 산다. 평지에 살다 온 우리는 모두 너무 힘겹다.

고통은 경험한 사람만이 자연스럽게 넘을 수 있는 힘든 고지이다. 넘고 나면 쉬워지리라. 고산지역이라는 것 자체가 평지에 사는 사람들이 겪는 삶의 온갖 고통과 그 무게가 같을 것이라는 생각이 든다.

고산증세가 통증으로 온다. 이들도 고산증세에 처음부터 익숙하지는 않았을 것이다. 대대로 이어오는 핏줄 속에, 삶의 한 형태 속에서 그것은 서서히 자리 잡았을 것이다. 티티카카호수 우루스 섬에 사는 이들도 마찬가지이리라. 사람이 다른 사람의 삶을 구경하러 간다니? 우루스 섬 사람들도 눈 코 입이 제대로 다 달린 사람들일텐데, 우리가 그들을, 그들의 삶을 보러 간다고 한다. 이 무슨 염치없는 일이란 말인가.

머리가 깨질 듯이 아파 불을 켜고 시계를 보니 고산지역에서 마의 시간이라는 새벽 2시다. 고산증세가 가장 심하게 나타나는 시간대인가 보다. 약을 찾아 먹고 뒤척이다 겨우 잠이 들었다.

눈을 뜨니 제일 먼저 나를 반기는 것은 손가락만 대어도 깨질 듯한 파란 하늘이다. 그런 하늘이 창문을 넘어와 가득하다. 어젯밤의 고통을 위로받는 시간이다. 하늘빛에 환호한다. 창문을 연다. 바람이 달다. 야생화가 마당 가득하다. 산책을 위해 서둘러 방을 나섰다. 멀리 바다인지 호수인지 푸르게 펼쳐진다.

바다와 바람과 아침햇살과 들꽃들의 미소가 그대로 하나다. …… 사랑하리라, …… 사랑한다. 우주의 섭리를, 신비를 온몸으로 사랑하게 되는 순간이다.

마주치는 낯선 사람들과 격의 없는 미소가 더 없이 행복한 아침이다. 모두들 마의 시간을 견디느라 초췌한 얼굴들이다. 습껍이란 참으로 버리기도, 깨치기도 어려운 일임을 다시 느낀다.

티티카카 호수, 이 호수는 페루와 볼리비아에 걸쳐있으며 길이는 165km 폭 60km에 달하는 거대한 호수다. 세계적으로 해발 2000m 이상 고지대에 있다. 가장 깊은 곳의 수심은 128km라고 한다.

볼리비아 국경이 가까워 밀수가 횡횡하므로 검문이 엄격하다는 여러 지역을 지나 우루스섬에 가기 위해 부두에 닿는다. 볼리비아와의 국경에 위치한 우루스 섬의 일부는 볼리비아 호수이기도 하다. 그러나 볼리비아도, 페루도 미처 이 섬까지 손을 쓸 수가 없단다. 그것은 하나의 핑계란 것을 모두가 너무나 잘 안다.

우루스 섬에 들어가는 부둣가에는 물오리 놀이기구가 있다. 휴일이면 가족과 함께하는 모습은 어디서나 비슷하다. 맑은 하늘빛을 닮은 바다 같은 호수 위를 배가 미끄러져 간다. 호수에는 갈대 섬들로 여기저기 마을을 이루고 있다.

전혀 가늠할 수도 없었던 삶의 형태가 눈앞에 나타난다. 몇 해 전 캄보디아 톤레샵 호수의 수상가옥을 보며 느꼈던 참담함을 다시 보게 되다니! 우여곡절을 겪으며 여기까지 왔지만 이 순간 갑자기 죄스러워진다. 이런 열악한 환경에서 꿋꿋이 사는 사람들을 보며 나의 행복을 위로 받게 되다니, 붕붕 떠 있는 갈대 섬에 차마 발을 디디지 못할 것 같다.

동정만큼 사람을 초라하게 만드는 것이 없거늘, 이들에 비해 호사롭게 살고 있는 지금 내 마음은 어디로 향하고 있는 것인가. 나와 하나도 다를 것이 없는 그대로의 사람이건만 이들에게는 어디에 사는 누구란 것을 증명할 길이 없다. 나이가 몇

Photo review

1 티티카카 호수에 갈대로 엮어 만들어진 우루스 섬, 또또라 라는 갈대를 엮어 만들어 마을을 이루고 산다.
대체로 4~6가구가 한마을 이룬다 2 오리배

살인지도 정확히 알지 못한다.

페루 정부나 이곳 현지에서도 그들을 푸노 시민으로 편입시키려 하지 않는다는 것이 너무 화가 난다. 멀리 호수 건너편으로 푸노 시가 환히 보이건만 우루스 섬사람들은 자기 나이가 몇 살인지 가늠할 수 없을 정도로 세상과 담쌓고 문명의 혜택을 누리지 못하고 있다. 이건 도대체 어찌 말을 해야 하는 것인지 가슴이 꽉 막혀온다. 나를 비롯해 관광객들은 우루스 섬을 보러 오는 것에 호기심을 느끼다니, 이런 아이러니가 또 있을까? 참으로 미안한 마음이 끝이 없다.

많은 사람들이 와서 보고 이들의 삶을 밖에 알려 그들이 진정 원하는 것을 이루게 하는 계기가 되어야 한다고, 마음을 돌려 세운다. 만일 내가 저들이었다면…….

그들이 이곳에 정착하게 된 이유와 갈대 섬이 물에 가라앉지 않게 만들어지는 현상 등에 관해 현지인 가이드가 설명을 해준다.

"티티카카란 표범이란 뜻입니다. 표범 모양으로 생겼다 해서 붙여진 이름입니다. 호수의 제일 긴 곳의 길이는 165km, 긴 폭의 길이는 60km이고요. 수심은 우기 때와 건기 때가 다르지만 대체로 3~12km이며 아주 깊은 곳은 약 128km입니다.

호수의 60%는 페루에 속해 있고 나머지 40%는 볼리비아

구역입니다. 또한 티티카카는 칠레와 인접해 있기도 합니다. 300만 년 전에는 호수가 더 컸다고 합니다. 그러나 계속 수면이 줄어들면서 호수는 지금의 면적이 되었고, 지금 유지하고 있는 것은 밑에서부터 물이 솟아나고 있어서입니다. 호수에는 염분 성분이 있습니다. 바닷물이 조금씩 유입되고 있어 물이 조금 찝찔합니다. 그래서 바닷고기가 조금 다른 모습이 되어 살고 있습니다. 호수 속에는 협곡이 있어서 깊이가 다릅니다."

어느 곳이나 마찬가지로 티티카카 호수에도 전설이 있다.

원주민의 전설에 의하면 이 세상의 첫 번째 태양빛이 티티카카에 내려왔고, 대지의 어머니인 빠차마마Pachamama의 땅에 태양의 아들인 망꼬 까빡Manco Capac과 그의 누이이자 아내인 마마 오끄요Mama Ocllo가 내려와 잉카제국을 건설했다고 한다.

그리고 태양의 신은 이들에게 황금 지팡이를 주어 그 지팡이가 박히는 곳에 정착하라고 계시를 내린다. 그 땅이 잉카제국의 수도인 꾸스꼬다. 이처럼 잉카의 전설은 티티카카 호수에서부터 시작된다.

이곳 출신의 안내자인 미남 아저씨는 이곳에서 잡히는 물고기까지 보여주며 설명을 한다. 아직도 족장제도를 갖고 있는 우루스 섬에는 5~6가구들이 모여 한마을을 이룬 동네가 호수 안에 여기저기 있다. 이들이 지금 가장 원하는 것은 공부하는 것과 텔레비전을 갖는 것이란다.

남자들은 고기잡이를 나가고 아낙들은 수공예제품으로 여행자들을 상대로 장을 열어 경제 활동을 한다. 그러나 조잡하게 만들어져 살 물건이 없는 것이 안타깝다. 움직이는 공간이 적어 여자들은 대부분 뚱뚱하다. 나이를 가늠할 수가 없다.

갈대 집에는 아기가 누워 있다. 창문도 없는 어둡고 습한 공간에 아기는 눈망울 또렷이 방실방실 웃고 있다. 허락을 받고 아기를 안아본다. 따듯하고 보드라운 뺨에 입맞춤을 한다. 기분이 좋은지 방실대며 버둥댄다. 아기를 키우고 식구들의 식사를 챙기며 가족과의 단란한 시간을 갖는 모습은 어디인들 다를까만, 습하고 어두운 이 좁은 공간에서 이들에게 희망은 무엇이 얼마나 실현 가능성이 있을까.

아기는 우리 노래대로 '섬집 아기'가 되어 있고, 엄마는 여행객을 맞아 물건 팔기에 정신이 없다. 아직 세상을 알지 못하는 아기는 그대로 행복하다. 아기를 안고 바라보고 있는 동안 아기와 함께 행복한 눈맞춤을 한다.

섬 안에서는 걷는데도 힘이 든다. 출렁출렁 또는 물컹물컹 배를 탄 느낌이다. 물 위의 갈대를 밟는 느낌은 땅을 밟고 사

Photo review

1 우루스 섬 주민들, 남자들은 고기잡이로 여자들은 수공예로 생활을 이어간다
2 우루스 섬의 초등학교, 갈대 섬에 유독 다른 재질로 만들어진 학교다

는 우리에게 익숙해지기엔 참으로 먼 환경이다. 일본인 후지모리가 페루 대통령이 되었을 때, 잠시 이곳을 다녀간 후 희망이 열리나 했지만 별로 달라진 것은 없다고 한다.

배를 타고 마을과 마을을 돌며 미리 조금씩 준비해간 쌀이며 그들에게 필요한 생활필수품인 물건들을 섬 곳곳에 나누어 주며 학교에 닿는다. 갈대 섬에 학교라고는 어린아이들 몇몇이 배우는 초등학교 한 곳이 있다.

이 학교 선생님은 이곳에서 자라 어렵게 대학을 다닌 청년들로 섬에 다시 돌아와 아이들에게 문명의 혜택을 나누어 주려고 애쓰고 있었다. 국가에 자신을 증명할 것이 아무것도 없으니 상급학교로 진학해 공부를 하기란 하늘에 별 따기라고 한다.

아이들에게 줄 연필과 과자, 사탕을 준비했다. 맨발의 아이들이 갈대를 밟고 나와 환호한다. 이미 이 아이들에게는 이런 여행객들이 익숙한 듯하다. 우리가 6.25 전쟁 이후 겪었던 상황처럼 손을 내밀고 달려든다. 다만, 그 모습을 바라보는 청년 선생님의 말할 수 없는 눈동자만이 처연히 허공을 맴돌아 내 가슴을 서늘케 한다.

말려도 되지 않는 상황일 것이며, 또 그럴 수밖에 없다는 서글픈 현실에 절망하는 복잡한 눈빛. 나는 얼른 낯선 인연들을 위해 준비한 마지막 남은 선물을 그 선생님에게 전한다. 그리고 말없이 미소와 눈빛만을 교환한 채 돌아서 나왔다. 교실이래야 어설퍼 보이는 한 칸짜리 컨테이너 박스로 만들어 놓은 곳이지만, 아이들이 그려 놓은 그림만은 어떤 선입견도 없이 바라보고 싶다. 순수한 아이들의 마음만을 눈에 넣고 돌아 나온다. 사탕을 쥐어주며 울컥 목이 메어온다.

사랑받아 마땅한 아이들. 그 삶이 어렵고도 어려워 끝을 알 수 없는 여정이 될 것 같아 생각만으로도 암담해진다. 섬을 돌아 나오는 동안 누구와도 말을 할 수가 없다. 섬에 두고 온 아기의 초롱초롱한 눈동자와 청년 선생님의 서늘히 깊던 눈동자가 내내 나를 붙들어 고산증세로 느끼는 무거운 발걸음보다 더 아프게 무겁다. 넘어지도록 무거웠지만 섬의 하늘빛은 깨질 듯 투명하고 바람은 맑다.

진리는 높고 낮음이 없다. 너와 나의 차별 없이 평등하다. 진리는 영원하며 진리는 퇴색되지 않고 항상 그대로이다. 진리는 시간과 공간 또한 없다고 한다. '우주는 어디서도 기울음 없이 정말 공평한가?' 라는 질문을 자꾸 누군가에게 하고 싶어진다. 돌아가 참구해야 될 숙제가 무거움으로 온다. 오직 모를 뿐!

Photo review

1 시유스타나 공동묘지, 추라혼 문화가 남긴 것으로 돌무덤이다 2 공동묘
지에 그려진 뱀의 모습, 이곳에서의 뱀은 지하의 신임을 나타낸다

31. 빰빠의 수묵화와 무지개 -페루|나스카-

where is

나스카는 9세기경에 가장 번영했던 프레잉카의 유적이 있어서 남아메리카 고고학 연구의 중심지가 되고 있다.

PERU

나스카

이까를 지나 나스카로 가는 길의 언어는 '황량함' 이다. 갈색 모래흙 먼지를 풀풀 날리며 가도 가도 사막으로 지평선이 펼쳐진다. 바다 옆 가까이에 있는 사막은 무역풍과 한류가 만나서 생긴 사막이다. 이 아타까마 사막이 그러하다. 이곳은 바다였다고 한다. 그것을 증명하게 되는 것은 가는 모래가 아닌 암석이 풍화작용에 의해 깎인 돌들로 이루어졌다는 것이다. 작은 돌알맹이들이 모래를 대신하고 있다.

사막의 지평선이 보인다. 문득 사막은 남자의 길이라는 생각이다. 묵묵히 침묵하며 가야하는 고되고 아득한 길이다. 사막 한가운데 오아시스가 보인다. 나무와 풀과 물이 흥건한 영혼의 샘에 사람들이 모여 산다. 강수량이 일 년에 10mm 정도밖에 안 된다는 이 사막에 젖줄같은 오아시스다. 집이라고는 하지만, 대부분 지붕도 없는 곳에서 기거를 한다. '별은 마음껏 보겠다' 라는 어처구니없는 생각을 해본다. 남루해 보이는 이 현장에서 말이다.

긴 구간을 직선으로 달린다. 이 사막에도 남쪽은 주인이 있는 땅들이고 북쪽은 주인이 없는 땅이 많단다. 아마도 남쪽이 북쪽에 비해 그래도 비옥한 땅인 듯하다.

리마로부터 나스카까지 435km를 버스가 달리는 동안 안내하는 나 선생은 페루의 사회와 경제문제에 관해 열강을 한다. 나라의 수장인 대통령이 차관을 받아 챙겨 다른 나라로 도망을 갔다는 페루. 그리고 일본인 후지모리가 대통령이 된 배경, 후지모리가 실각 후 다시 일본으로 돌아간 일, 그 후 일본이 페루에 은근히 손을 뻗치는 상황이며 후지모리의 딸이 다시 페루에 입성해 정치에 입문한 일, 도망간 대통령이 다시 나타나 대통령에 당선된 일 등등. 경제가 어려울수록 청렴하고 민주적인 지도자가 나와 정치를 한다면 얼마나 좋을까. 독선이 독재로 이어지고 결국은 힘없는 민중들만이 헐벗게 되고 마는 현실이다.

라틴 아메리카 국가들이 힘을 합쳐 손만 잡을 수 있다면 풍부한 자원으로 다시 부강한 나라들이 될 터인데, 주변 경제대국들이 자국의 이익을 위해 다양한 방법으로 이들의 도약을 저지를 하고 있으니 안타깝기만 하다. 풍부한 자원을 가졌음에도, 이들의 경제사정이 좋아지려면 참으로 험난한 길을 가야 할 것 같다.

페루에는 엄청난 범죄조직을 갖고 여행객이나, 상주하는 타국 사람들을 해코지 하며 돈을 뺏는 강도짓이 횡횡한다고 한다. 다 사는 일이 힘든 탓이리라. 어느 나라인들 강도나 도둑이 없을까만 타국에서 겪는 어려움은 참으로 많은 고통을 수반하는 일이 될 것이다.

그 예로 이민 한국인이 투자할 돈을 은행에서 찾아 나오다가 강도들에게 당한 일이 있다는데, 범죄조직들은 몇 달 전부터 돈 있는 사람을 집중 분석해 미행하고, 그 사람의 행동반경을 연구한 다음 범죄를 감행한다는 것이다. 실로 무서운 일이다. 그렇다고 매사가 그리 위험한 상황은 아니라고도 한다. 각자 조심하는 수밖에는 없을 것 같다. 오아시스 지역 농촌에서는 고추(파프리카) 농사, 또는 선인장 재배로 간신히 수입을 올린다고 한다.

사막 한가운데를 달리며 아무리 둘러봐도 나스카 라인이 보이지 않는다. 경비행기를 타고 높은 공중에 가서야 원형의 그림을 한눈에 볼 수 있다는 그림이 하긴 거저 눈에 들어올 리가 없을 것이다. 먼지는 풀풀 나고 태양은 내리쪼이고. 나스카 라인이 없다면 이곳에 과연 사람들이 모여들기나 할까 하는 팍팍한 동네를 여럿 지나며, 나스카 라인을 재발견한 위대한 한

나스카로 가는 길의 사막

여성에게 박수를 보낸다.

처음 이 라인을 발견한 사람은 리마에서 아레끼빠까지 운항하는 민항기 조정사들이었지만 실제로 측량하고 내셔널 지오그래픽National Geographic에 기고한 사람은 독일의 수학자 '마리아 라이키에' 여사이다.

이분은 페루에서 가정교사를 하다가 어느 미국인에게서 나스카 라인에 관한 이야기를 듣고 흥미를 느껴 나스카에 머물게 된다. 그녀는 움막 같은 곳에서 생활하면서 나스카 라인의 신비를 풀어보겠다는 열정만으로 아침부터 저녁까지 걸어서 나스카 라인을 측량하고, 그것을 종이에 그려서 그림을 완성해 나간다. 1943년 그녀의 열정으로 다시 태어난 나스카 라인의 일부가 드디어 내셔널 지오그래픽에 소개가 된다. 그 후로 세계의 지질학자들이 나스카에 몰려들게 되고, 그들의 연구로 더 많은 그림들이 발견된다.

드디어 그녀의 열정과 그동안의 노고가 인정을 받게 된다. 그러나 그녀가 받은 것은 겨우 표창장과 박수뿐이었다. 그녀 때문에 유명해진 나스카 시市에서는 그녀에게 평생 나스카의 명예 시장 직을 수여했지만, 결혼도 하지 않은 그녀는 자궁경부암에 걸려 생을 마감하게 된다.

도대체 이 라인은 어떻게 생긴 것일까. 지상에서는 결코 볼 수 없는 이 그림이 아직까지 누가, 왜, 그렸는지 모든 것은 그 저 설에 불가할 뿐이다. 몇 세기가 지난 지금도 그 그림은 지 워지지 않고 보존되어 있다는 것이 신기하다.

사막으로 난 끝없는 도로에선 뜨거운 아스팔트의 열기가 아 지랑이처럼 피어오른다. 사막의 한낮을 그늘막도 없이 맞이한 다. 저 넓은 사막 어디에 그런 묘한 그림들이 있을까? 육안으로 는 절대로 볼 수도 없는 신기한 그림들을 볼 생각을 하니 기대 가 넘친다.

단지 작은 경비행기를 타고 올라가야 한다는 부담이 있다. 비 행기는 5인승 프로펠러 경비행기다. 비행기를 타기 전에 그림 이 있는 자리를 그려놓은 팸플릿을 받는다. 원숭이, 콘도르, 나 무, 고래, 손, 앵무새, 우주인 같은 사람 모습 등. 이미 그림을 보고 비행기에서 내리는 사람들이 멀미에 지쳐 말도 못한다.

마지막 비행기를 타고 오르자 아래로는 까마득히 대지가 보 인다. 자동차나 사람들이 점으로 보이고. 점보 비행기를 타는 기분하고는 완전히 다르다. 소음 때문에 조종사는 소리를 질 러야 했고 대답 역시 소리를 질러댔다. 비행기는 아래로 위로, 좌, 우 옆으로 돌아가며 마치 곡예를 하듯이 날아간다. 공기 압력 때문인지 탑승한 사람들의 얼굴이 벌겋게 변한다.

처음엔 이 작은 비행기가 추락이라도? 끔직한 생각을 잠시

Photo review

1 사막의 오아시스
2 라스카 라인을 보기위해 이 경비행기행기를 이용한다

안한 건 아니지만 파란하늘이 바로 눈앞에 있고 마치 내가 영화의 주인공이 된 듯한 착각이 들자 불안한 마음은 순간에 사라지고 그림을 찾자 날개를 이리저리 돌리며 곡예를 하는 조정사의 방향을 따라 열심히 머리를 돌리며 내려다본다.

정말 신기하다. 비행기를 타고 내려다봐야 전체를 볼 수 있는 저렇게 큰 그림을 어떻게 그렸을까? 무엇으로 그렸을까? 어떻게 아직도 지워지지 않고 저렇게 선명하게 남아 있을까? 누가 그렸을까? 무슨 이유로 그렸을까? 그림 하나하나를 찾을 때마다 환호를 한다.

200여 개나 된다는 땅 위의 그림들, 그야말로 지상 수묵화다. 원숭이 그림 크기는 78m나 되고, 도마뱀의 길이는 177m나 되게 그려져 있고, 콘도르의 날개만 12m나 된다는 이 그림들. 직선, 삼각형, 나선형, 꽃그림 등 다양한 이 수묵화는 하늘의 별자리를 옮겨 놓은 것이라고 하기도 한다. 이 그림을 그리는 것으로 신에게 노동력을 바쳤을 것이라고도 하고, 외계인이 만들었을 것이라고도 하는 이 나스카 라인은 언제까지나 수수께끼로 남을 것 같다.

허공의 갤러리에서 그림 여행을 마치고 대지에 내려서자 소음에 젖어 있던 귀가 멍멍하다. 아니, 그림을 본 그 신비감에 정신이 멍하다는 것이 옳을 것이다.

이벤트로 비행했다는 증명서를 발급 받는다. 큰 일을 해낸 것 같아 기분이 좋다. 처음 탈 때의 아찔한 기분은 어디 가고 다시 하늘을 날아 그림들을 다시 보고 싶은 마음이 간절해진다. 언제 내가 이곳을 다시 오겠는가. 아쉬움이 가득하다.

페루에 유독 미련이 진하다. 이곳이 무언지 모르게 가슴에 젖는 것은 아마도 이런 신과의 소통이 필요한, 아니 신만이 아는 은밀함의 기운이 있어서는 아니었을까? 나스카 라인을 내려서며 계속 나는 알 수 없는 느낌에서 벗어날 수가 없다.

사막 길을 되짚어온다. 갑자기 사막 한가운데로 무지개가 뜬다. 이런 신기한 일이. 내가 아는 상식으로는 비 온 후 햇빛에 의해 공기방울이 빛나서 보인다는 무지개가 마른하늘에서 보인다. 그것도 비라고는 일 년 강수량이 10mm밖에 안 된다는 이 사막에 어떻게 무지개가 뜨는 것인지. 호기심이 무지개가 뜨는 거리까지 가 닿는다. 사막에 뜨는 무지개! 나스카 라인은 이렇게 신비롭기만 했다.

저녁노을이 바닷가에 몸을 쉬려한다. 한 컷 한 컷 렌즈 속으로 들어오는 태양은 한발 한발 몸을 낮추어 간다. 드디어 바다 속에 몸을 담근다. 태양의 마지막 모습이 무척이나 고요하다. 잠시 나도 따라 숨을 고른다. 눈을 감고 오늘 있었던 순간들을 내려놓는다. 좋은 기억도 불편한 기억도 아름다움도 감동도 다

놓아버린다.

텅 빈 우주 속으로 나를 밀어 넣는다.

나를 바라본다.

나는 없다.

32. 여행은 나를 변주한다 - 페루ㅣ물개 섬(바에스타 섬) -

where is

페루의 수도 리마에서 약3시간 정도 떨어진 물개섬은 바다새와 바다사자의 천국이
라 불린다.

바에스타 섬

내일이면 떠날 페루를 밤늦도록 기억해본다. 뿌까뿌가라 가는 길에 따서 노트에 끼워 넣은 노란 꽃잎이 페이지에서 툭 튀어 나오기도 한다. 페루의 정서를 힘껏 설명해준 나 선생에게 룸메이트와 함께 한줄 메모라도 남기려고 종이를 구하러 프런트에 내려갔다.

호텔에 워낙 늦게 도착해 어떤 곳인지도 잘 돌아볼 수가 없었지만 아마도 3, 4시간 후면 떠날 곳이라 조금은 허술한 숙소에 들었는지 아무리 찾아도 메모지나 봉투 같은 것은 없다고 한다. 페루의 경제가 이렇듯 심각한 수준임을 절감한다.

마지막 페루를 되짚어보며 밤을 보낸다. 물개 섬을 보러 간다고 새벽 4시에 출발한단다. 도대체 물개 섬이 무엇이기에 이렇게 이른 시간에 간다는 것일까. 잠자리에 든 지 겨우 두어 시간 눈을 부치고는 다시 눈도 못 뜬 채로 버스에 오른다.

아침 바다가 시원하다. 바다는 아침 안개로 자욱하다. 머리

가 맑아 온다. 새 몇 마리가 회색빛 바다 표면으로부터 물을 차고 오른다. 그대로가 수채화다. 배가 앞으로 나아가자 바람이 세포 하나하나에 바람 옷을 입히는 것 같다. 새벽에 눈 비비고 온 몽롱한 의식이 확 살아난다.

바다로 떠오르는 아침 해를 맞으며 새들이 수없이 날아온다. '로맹가리'의 새들이 떠오른다. 〈새들은 페루에 가서 죽는다〉의 소설에서 그가 그려낸 카페는 없지만, 혹 로맹가리도 이곳을 본 것은 아닐까. 섬 가까이에 들어서자 새들의 환영이 요란하다. 새들은 무리지어 섬인지 새인지 모를 정도로 까맣게 앉아 있다. 새들의 배설물이 굳어진 조분석이 즐비하다. 조분석을 모아 비료를 만든다고 한다.

정말 새들은 왜 이곳에 이렇게 많이 둥지를 틀고 있는 걸까, 외로워서일까. 혼자는 외로운 것인가. 날개 부딪는 소리가 하늘 가득 들려온다. 새들은 어디에 온기를 묻혀 전할까. 부리일까, 날개일까.

소설 속, 스카프를 두른 여인이 허리까지 차는 바닷물 속을 유유히 걸어갈 때, 카페가 있는 언덕에서 그 사나이는 그렇게 한동안 바라볼 수밖에 없었을 것이다. 풍경은 밖에 있고, 상처는 안에 있어 누구도 알 수 없으므로 그때 소설을 읽어내며 내 안의 보랏빛 상처가 다시 덧나는 것만 같았다.

내가 만들고 그어놓은 곳에 내가 갇히는 모순이 상처를 만들고, 그 상처 속에서 반복되는 것이 삶이 되어버렸다. 눈감고 앉아 나를 바라보니 정말 그랬다. 이제 내 상처는 안에도 밖에도 없다. 이 여행길이 "해탈 꽃이 피는 여정이길 바란다" 시던 스승의 당부가 내게 힘이 되는 순간이다.

저 새들은 지금 무엇을 위해 비상하는 것일까? 새는 그냥 새이다. 외롭지도 힘들지도 않다. 살아있는 시간이 끝날 때 새들은 그 자리에 누울 뿐이다. 마음 없이 그냥 벌어지는 꽃처럼. 우린 그걸 아름답다고, 혹은 새의 날갯짓은 힘들고 슬프다고 말하고 싶어 한다. 그냥 그대로 일뿐인데. 그 순간만큼은 나도 스스로 그것을 다 알 수 있을 것만 같다. 그들이 스스로 그러함을……. 이것은 내 마음속 여행이 나를 변주한 덕분이다.

변주곡의 악보는 내가 걸어온 전 생애이다. 라벨의 음악처럼 인상적이든 스트라빈스키의 불협화음이든 나의 악보로 내 생애는 변주될 뿐, 나는 그 음악을 들어야 하는 관객인 것이다.

한참을 내 안에 골몰해 있는 동안 물개가 바위에 앉아 고성을 지른다. 왕자의 자리를 빼앗긴 울분이란다. 우두머리가 되려고 피터지게 싸우다 쫓겨난 물개가 아무도 없는 바위에 혼자 앉아 운다. 온몸에 상처를 입은 채로 혼자 떨어져 외로움을 탄식한다.

아기물개들은 무리지어 아침 명상을 하는지 햇빛을 바라보며 고개를 치켜든 채 고요하다. 사람이나 동물이나 어린 것들은 모두가 귀엽고 예쁘다. 아기 물개도 귀엽다. 새는 그런 물개들 위를 유유히 돈다. 가는 길은 혼자다.

언젠간 나도 몸을 바꿀 것이다. 그때는 나도 철저히 혼자가 될 것이다. 그 길에 무념이 동행하길 간절히 나는 원한다. 배가 한 바퀴 회전하며 물을 퉁기는 바람에 높은 하늘 위를 날던 나의 날갯짓을 내린다. 욕심 없이 사는 것이 참이라고.

이 순간 더 없이 여유롭다. 얕으면 얕은 데로 내안의 샘을 바라보던 이 먼 여행길을 느낌표로 마감하려 한다.

"내가 입을 열면 신은 침묵하십니다. 내가 침묵하는 순간에 비로소 신의 음성이 들리기 때문입니다. 그래서 묵언이 필요하다고 생각합니다."라는 가르침이 깊다. 이제 돌아가 다시 깊은 참眞에 들려고 한다, 근원을 향해서.

*참고 문헌

《배를 타고 아바나를 떠날 때》 이성형 저, 창작과 비평사, 2001

《라틴 아메리카를 찾아서》 곽재성, 우석균 공저, 민음사, 2000

《잉카 In 안데스》 우석균, 랜덤 하우스, 2008

《화가 사석원의 황홀한 쿠바》 사석원, 청림 출판, 2004

《일만 시간 동안의 남미》 박민우, 풀럼북스, 2007

《월드뮤직 (세계로 열린 창窓)》 심명보, 도서출판 해토, 2006